一年丹寨一生情

——一个大学生的支教日记

朱天钰 著

合肥工业大学 出版社

目　录

回眸与展望

学校是我家

教 育 教 学

校内校外活动

回 眸 与 展 望

2015 年大学本科毕业后，我成为一名支教志愿者，到贵州省黔东南州丹寨县长青二小进行了为期一年的志愿服务。

2016 年 7 月，一年的支教圆满结束，我被聘为丹寨县春晖使者。

一直以来，我的生活没什么大起大落，过得比较平顺，虽然从小到大听过很多"自强不息"的人和事，但从没想过自己有一天也会做点可以称得上"伟大"的壮举。上了大学，我越来越明白，大学生仅仅学好知识是不够的，还要有爱、有责任、有担当。特别是当我关注到学校研究生支教团学生的支教生活后，这种认识愈发强烈，很想能够像学长一样成为支教队伍中的一员，将知识带给偏远山区的孩子们，既能让孩子们多一份希望，又可以让自己的人生多一份精彩。我曾拒绝过很多看起来非常光荣的事情，但大四报名参加支教团却没经过复杂的思想斗争，似乎"支教"这个词对我有种莫名的吸引力。听过我的决定后，父母也给了我很大的支持，就这样，我的支教之旅迈出了第一步。

"教书育人，奉献爱心，放飞梦想，共筑中国梦"是我的支教宣言，支教的时间只有一年，我应该给那些大山深处的孩子们传递些什么呢？我想应当是一种信念，一种不论遇到什么困难，都要有梦，志存高远，心怀希望的信念。只要拥抱着这样的美好念头，哪怕崇山峻岭阻隔，也不可能阻挡他们追求未来的脚步。

突破自我，适应新生活

偏远的山区乡村，蜿蜒的泥泞小路，老旧的砖瓦房，破烂的桌椅黑板，吃不饱饭的孩子和破破烂烂一个班都凑不够的书本纸笔构成了很多人脑海里唯一的支教印象。

出发之前，我已经做好了在贵州农村过一年苦日子的思想准备。可初到长青二小，眼前的景象竟让我有些许惊喜。目力所及之处远山衔云，晨光熹微，轻风摇曳；校内花木相映，塑胶跑道，设施齐全，操场上国旗迎风飘扬，是这所学校里最亮丽的色彩；宿舍和食堂在较远的地方，从校门口看过去只看到簇拥着的黄的红的屋顶。这一切都比想象的好得太多。原以为自己要住在透风漏雨的小破屋里，自己操心一日三餐，现在看来似乎在生活上并没有那么困难。那这里的孩子们，肯定也有更多的时间和心力用来遨游知识的广阔海洋吧。

初到学校的我，从整理自己的宿舍到清理教室的角角落落都是亲力亲为，原本以为的烦琐事务一件件完成，生活也开始走上了正轨。望着虽然简朴但胜在整齐的宿舍和窗明几净的教室，我露出了欣慰的笑容。之后的一年，宿舍里的两桌两凳和一个自己搭起的简单晾衣架是我所有的陈设。一方小小天地间，我逐渐完善了自己的支教生活。与我的宿舍不同，教室很快设立了图书角和风采展专栏，原本四面白墙变得色彩纷呈，渐渐成了一个充满知识和乐趣的学习天堂。

随着时间的推移，我渐渐融入了这里的生活。丹寨历来重视教育，政府拨款数额丰厚且到位及时，得到如此优厚条件的二小，教学楼也算是当地小学里面的标志性建筑，从投影仪到新电脑、从独立课桌椅到新白板，教学设施配备样样齐全。

可是一所学校最重要的是什么？是教育教学质量和师资力量。二小的老师人数少，一个老师身兼数职，既要同时代几门课，又要做各种教学教研工作，还要值班、打饭、陪餐、查寝，一样都不能少。我初来学校第一次开会，就被通知担任班主任，这使得我感到前所未有的压力。我带的是刚从教学点转到主校的三年级学生。对这所学校来说，自己与学生都是新人，新人少不了遇到麻烦。打扫卫生、课间操、吃饭、学生闹矛盾、生病、不爱学习……大事小事纷繁复杂，需要引导和处理的太多太多。新学校有新的规矩，还需要老师带着学生逐步适应和养成。初来乍到的我和初来乍到的孩子们一样，还在茫然无措时就已经感受到了压力的存在。尤其是我，自己经验浅薄，匆匆走马上任必定有所疏漏，虽然学校里的老师们常常给予我指导，但在实际工作中，还是经常遇到问题。每每开会，班级被点名批评的时候，学生感觉不到什么，可我自己总会在心里检讨一番，还要想着怎样才能做得更好。压力如影随形，问题迟迟没有解决的迹象。我时常会觉得，自己都还是个孩子，怎么就要照顾一群孩子呢？消极思想没有持续太久，与母亲谈心之后我有了新想法。一方面，正是因为学生年纪小，问题在所难免，这才需要老师去指导；另一方面，孩子们大多是留守儿童，从小缺少父母的关爱，一年级就从村里聚集到学校学习，在学校吃住，回家走路还要两三个小时。这种时候，如果自己不坚强，自己的学生该怎么办，谁带领他们、保护他们？所以自己应该以更多的包容、耐心和关怀去对待孩子们，跟孩子们一起成长。

此后，我便将更大的热忱投入到对孩子们行为习惯的塑造上来，比如饭前要洗手、吃饭不要大声讲话、两手放桌子上扶着碗，还有上课讲话要举手、不能随意下座位、不随便打断别人讲话、看书要手持铅笔边看边画，自己能按步骤思考出来的问题一定要先经过自己的脑袋思考等等。一开始这些教育内容推行得很慢，但看到孩子们都在有意识地改正自己的行为，一天天变得比原来更好，这让我感觉小有成就。此外，伴随着工作开始进入正轨，我意识到只有不断充实自己，才能为孩子们提供更好的教育。我开始在工作之余看专业书、听广播、背单词，看到有趣的东西都会下载下来放给班里的孩子们看。在一天天日升日落中，我的支教生活正焕发出越来越强烈的生命色彩。

做榜样，当自强

教师当言传身教。一年来，我时刻提醒自己做正面的榜样，带给孩子们积极的影响。

要培养孩子们自强自立的意识，就断断少不了爱国主义教育，让孩子们知道到我们民族的发展多么艰难，才能意识到有党和国家的正确领导，才有我们今天的幸福生活，才能意识到自立自强精神的可贵。支教期间恰逢中国抗战胜利 70 周年，借此机会我跟学生一起回顾中国历史，体会中华民族五千年发展源远流长的脉络，感悟民族精神，体会民族文化。同时，为了给孩子们以正确的思想引导，我将爱国主义教育融入日常教学，在"春晖讲堂"活动中，我的第一讲就是带学生理解"中国梦"，树立"我的梦"。少年强则国强，当孩子们喊出"我要当兵""我要好好学习上大学"的时候，我看到了祖国未来的希望。无论是深山还是平原，是农村还是城市，想要精忠报国的少年们永远都在奋进。

身体力行，才能做孩子们的好老师。虽然我的身份是一名支教志愿者，但既然来到了长青二小进行志愿服务，在身份上就不仅是一个支教团队的成员，同时也是这所学校的一名教师。作为老师，首先要做好自己的本职工作——教育教学，从备课、教学到听课、考核，都需要不断地学习和适应。如何在教学工作上取得突破，是摆在我面前的第一道难关。二小虽然不大，但是教学机制非常完善，课程设置紧密，教师分工明确，教学目标清晰。在这样严谨的教学环境下，我这样的新手只有更加努力，才能不断地丰富自己。不会备课？那就多向老教师讨教。学生注意力差？那就去旁听其他老师的课，改进教学方法。一个个问题接踵而至，我也凭着努力和热情去一一化解，本着对学生负责、对学校负责的心态，认真备课、上课、改作业，准备教学资料，接受教学组组长的检查；积极听课，通过学习其他老师的教学方法提高自己的教学能力。两册语文书，64 篇课文，我坚持手写教案，并亲自收集每一课的教学资料，通过做课件进行课前教学模拟，及时更新备课内容。课堂上，我改变了自己曾经内敛、羞涩的性格，学习通过语音语调的抑扬顿挫和丰富多彩的表情手势，以及一个个连贯的小问题紧抓学生注意力；课后的作业也认真批改，仔细斟酌，出现问题时与学生当面交流，共同探讨解决的方式方法。经过努力，我的课堂也开始收获老师的称赞，学生们的表现也越来越积极，课堂氛围渐渐从死气沉沉变得充满活力。此外，我还积极参与开展学生知识讲座；参加每周的学校会议，与其他老师一起学习上级下发的教育教学文件，领会教育指导思想，了解学校的工作安排；同时，协助学校老师进行教学及教育，做好工作资料的收集、汇报；并且积极参加教师运动会，组织学生参与学校的各项集体活动。丰富而充实的生活使我变得勤恳而踏实，在贵州群山微凉的山风里，我从一个不谙世事的大学生，往教师这个光荣而伟大的职业道路上迈出了一步又一步。

关心生活，关注成长

长青二小的工作除了日常的教育教学外，很大一部分便是关爱学校的留守儿童或家庭贫困儿童了。贵州落后的经济条件使他们的父母背井离乡外出打工，这些孩子就留在了家里。这不仅是一项工作，更是出于人文关怀的本心。看着孩子们求知的眼眸和纯真的笑脸，再想起孩子们简陋的居住环境，自然会想要去关爱他们，竭力为他们解决生活困扰。这些孩子通常一大家人住在一起，有些是老人带着孩子，也有些是几个孩子挤一张床。所谓"卧室"的旁边可能就是垃圾堆或者猪圈，有的孩子的睡房就在阴暗的房屋下层随意搭建。房间逼仄狭小，粮食和杂物堆放在本就不宽敞的小走廊上。尽管条件如此，每家家长总是会想办法供孩子读书。每逢老师到学生家里去探访，孩子们都很开心，家长也十分欢迎，略微陌生的口音却阻挡不了关爱和感激的传达。响应学校号召与个别同学建立帮扶关系后，我更加关注学生的学习、心理等发展情况，希望能用自己的微薄之力让孩子们感受到更多的温暖和关怀。为了能够和孩子们多多交流，我经常一整天都和孩子们待在一起，一旦发现问题，一定会专门拿出时间来跟学生交流。同时，继续对自己的行为做出规范，不断充实自己的知识，希望自己的言行举止能给学生产生潜移默化的影响，让他们成为正直善良、心怀温暖的人。

山路迢迢，孩子们的父母在外打拼，梦想可贵，为了使孩子们都能够有实现梦想的机会，我愿化为明烛，以我的燃烧换一室灯火通明。

有收获，有希望

一年的支教让我强烈感受到教师工作的意义，教师的一言一行将会对学生的终身发展产生深远影响，因此，教师要对学生终身发展负责。作为一名教师需要以身作则，用自己的实际行动去引导学生的言行举止。这一年，我也感受到了青年志愿者工作的神圣和艰辛，看似生活简单，却也会有烦恼疲惫、迷茫无措的时候，生病也要坚持上课，放弃休息时间也要辅导学生学习。即使做好了各种思想准备，也会不断遇到需要解决的新问题。不过，学生们的笑容就是消除消极情绪的良药，是我快乐的源泉。而社会的肯定则是对包括我在内的志愿者们付出的最好回报。有问题并不可怕，可怕的是面对问题没有一颗勇敢的心，只要愿意去尝试，一定会有解决办法。可以说，我在一年的时间里收获了该用一生珍惜的财富。

一年的支教让我感受到，有梦想才有力量，有努力才有希望。一个人的力量很微小，但所有人一起努力就可以实现大梦想。每一个中国人都应该树立家国情怀，力争将个人追求与社会发展目标统一起来，将个人奋斗与国家历史命运联系起来。"中国梦"不能只在嘴上认同，还要体现在行动上。我们每一个人都要树立自己的历史使命感，内化于心，外化于行，自觉践行社会主义核心价值观，为实现中华民族伟大复兴的"中国梦"贡献力量。

学校是我家

离 开 前 夜

启程前夜，我辗转难眠。心中满是对未知未来的忐忑不安，在不久的将来等待我的，究竟是什么呢？

凯里高铁站开通不久，设施不完善；附近没什么宾馆，交通情况也不清楚。所教科目还没有定下，也不知道能不能教好。最要紧的是，我之前没有太多的教学经验，这将是即将走上教师岗位的我的最大短板。

为了温故，今天早晨我重新翻出了小学时候的教科书。看着那熟悉的封面和书本里小时候稚嫩的笔记，点点回忆涌上心头。这是属于我们这一代人的年少时光，想来现在的孩子们的课本应该早已更新换代了吧？

从小就不喜欢扔旧物，尤其是书。现在想来，也许很多年前留下这一堆课本时，就注定我会有去小学支教的这一天。语文、数学、英语、自然、社会、思想品德、美术、音乐、计算机……翻看着一本本书、一张张试卷，出现在眼前的不仅是悉心教导过我的老师，还有我对未来一年工作的些许计划和决心。我在想，我要给那大山中的孩子们带去什么呢？

首先，我要带去积极向上的心态，引导孩子们如何正确地做人、做事。成长环境的不同会造就不同的人生观，成长的经历将对孩子们的生活方式产生巨大的影响。现实错综复杂，很多时候不只是区分正确和错误那么简单。但孩子们此时还小，正是需要人教导他们向善向好的关键时期。只有多给他们传达世界的真善美，才会为孩子们将来成为健康、正直、善良的人打下坚实基础。而且学校里面的留守儿童居多，他们在成长过程中缺乏关爱和教育。"穷人的孩子早当家"，也许他们表面看来独立，但是多少人能看到他们"当家"的无奈呢。

第二，要真心实意地关心孩子。真心是不能刻意做出来的，需要教师对孩子们怀抱着真正的关心和爱护，才可以将自己的心意传达到孩子们的心中。记得自己上小学时一个冬天的早上，班级正进行数学测验，我的手冻得写不了字，可时间已经非常紧张了，只能一只手放在嘴边哈气，一只手忙着演算题目，趁思考的时候再赶紧搓搓手。时间一分一秒地过去，试卷还剩一大半没有做完。正当我低头忙着做题时，数学老师突然朝我走来，用她的手碰碰我的手。我当时吓了一跳，老师说："哎哟，手怎么那么凉，没事别急，慢慢写。"当时的我可能只感觉到了惊吓，但事后却越来越感觉到温暖。每每想起这事，越发觉得老师的手好暖好舒服。具体的感觉早就随着时间的推移慢慢模糊了，但我却记住了当时老师温柔的眼神和温暖的双手。正是那时的温暖和笑容，让我不断鼓励自己，学会爱自己、爱他人、爱社会、爱生活。

第三，像我曾经的老师们那样，愉快教学，耐心辅导，多讲解，多鼓励，孩子们就能感受到老师的用心和善意。我的小学老师都非常的和蔼可亲，随着我的成长，我逐渐认识到，小学老师做好了，真的会像爸爸妈妈一样。他们是孩子们第一次集体生活的领路人，是继父母之后的第二位启蒙老师，更是第一次真正系统教授孩子们知识的人。桃李不言，下自成蹊，等到孩子们都大了，考取大学，走向社会，逢年过节打电话问候一下，老师听到自己的学生们事业有成，都会感到欣慰，学生听到老师的声音也觉得亲切。

第四，是关于具体的教学工作的构想和筹划。要教哪些科目？教授哪些知识点？布置多少作业？如何安排课后复习？第一节课我走进教室会是何种情景，说的第一句话又会是什么呢？随着自己的逐渐成熟，我开始渐渐地学会自省，开始慢慢地思考自己当年学习的欠缺点。比如，我似乎学习时不能够联系生活实际，即使付出了非常多的时间和精力也没有记住多少知识。其实当年的我就是在死记硬背。这种方式效率低下，很难让人真正记住某些知识点。老师常说要找到适合自己的学习方法，我写反思总结也会套用这句话，可现在想来其实自己一直都没能够理解如何激发学习兴趣。经过这么多年的"反刍"，我现在的理解是：我想要了解人，了解我的周围，了解社会，了解大自然。我有了提高自己的需求，我知道自己应该干什么。我发现自己逐渐具备了主动学习和接触新事物的能力，这点成长中的收获令我对自己有了认可和信心。产生不满和需求跟一个人的价值观，还有自我实现的目标有关。可是，说这些给孩子们听，恐怕也不能使其有深刻的理解。所以此阶段新的问题来了，怎样找到适合孩子们的激励方法，怎么让他们理解什么是适合自己的学习方法，怎么找到他们的需求并引导到学习中，以培养孩子们逐渐具备主动学习和接触新事物的能力？这些问题都是日后要探寻出答案的。

经过贵阳几天的上岗培训，我已经准备好踏上一块新土地，融入一个新组织，让自己去了解、去欣赏一种没接触过的风土人情。习总书记说过："同人民一道拼搏，同祖国一道前进，服务人民，奉献祖国，是当代中国青年的正确方向。"选择支教，是想要珍惜青春年华，追求奉献社会，也让自己经受一些历练。支教事业伟大且平凡，我将伴着"一路顺风、健康成长"的祝愿，在平凡中实现价值，在奉献中感受幸福。

初到贵阳

出 征

2015 年 8 月 26 日　星期三

　　上午 9 点从曲阜东高铁站出发，傍晚 7 点多就到了凯里南高铁站。高铁还是快的，一个白天就把我从东部送到了西部。贵州的天比家里凉，坐在车上已经能够感觉到了。从湖南到贵州的一段，太阳落山，夜色逐渐笼罩，连绵的山被薄雾覆盖，隐隐约约的就要看不清。若是自己走在这山间小道，身体一定像漂浮在梦中，上不了天，着不到地，前路模糊，又找不到退路，一人徘徊，慌乱无措。若是梦到自己身处如此情境，那么这样的梦一定是我不愿久留的。

凯里培训

　　这已经不是第一次来贵州了，上次是不久前来培训。对未知充满兴奋、激动、好奇，又不敢多想。坐了近一天的卧铺车，越靠近贵州，越往山的高处走，越能让我们以更好的角度领略贵州的美和初到贵州的内心震撼。车窗外的片片梯田像油彩泼出的油画似的，边界是流畅的线条，一阶一阶的，深绿浅绿相间分布。想到我们即将正式到岗，内心的兴奋激动少了，好像更多的是对未知生活的纠结。"纠结"这个词真是好，我对一个陌生地方会心怀恐惧，可同时又存在一种对自由和实现自我的向往。我不再困在山东与安徽之间，到了合肥也不必下车，会经过这条线路上合肥站之后的、之前听都没听过的站：新晃、三穗……我还会去很多很多的新地方，见到更多新的人。

路途景色

这一年，父母和老师对我们寄予厚望，这是压力也是动力。而我也有对自己的期望和计划。父母来送我出征，起初我不愿意，觉得20多岁的人了应该可以自己出来，有能力照顾自己。其实最大的原因还是我不想自己跟小伙伴们不一样。我是二小支教四人中唯一的女生，似乎本身已经不易融入男生的生活了。那就从现在开始，至少这一年，努力做个女汉子，努力变得像男生一般。后来想着，父母愿意来就来吧，孩子出门在外，他们放心就好。前路漫漫，山水迢迢，踏上征程的我们，正奔赴新的未来。

支教团合影

凯里—丹寨

2015 年 8 月 27 日　星期四

　　早晨，和爸妈去州林汽客车站附近寄了被子到学校，随后爸爸妈妈启程去了丹寨，我回到旅馆等最后一个到凯里的伙伴。我们四人约好了在州林汽客车站集合。

　　外面下起了小雨，看着对面的住宅区，想起了早饭吃的羊肉粉，味道还不错，有点像家乡的米线，一改我对贵州粉不合口味（比如加鱼腥草的时候）的初印象。这也许是个好兆头，对饮食的适应，将使我更快地适应这里的新生活。

　　上午 10：50，我们乘坐的大巴从州林汽客车站出发，走高速。雨还在下，可惜的是路边的一些好景色全部被雾盖住了。爸爸妈妈已经到达我们的最终目的地长青二小，参观完学校准备返程。经过一个多小时，我们也到了丹寨，在车站附近找了一家小饭店就餐。

　　吃饭的时候收到妈妈的短信，她说这次来的时间太短，下次要我好好招待，言语里万般不舍。我知道她舍不得我一个人在这里，即使我再不愿意，她也坚持和爸爸来这里亲眼看看。后来我看到微信里妈妈发给我的照片，是爸爸拍的。照片中，妈妈撑着伞倚在长青二小门口，开心地笑着……

县城一角

　　丹寨几乎一直在下雨。下午我们从团县委拿了行李，坐乡村面包车到达学校。我的宿舍被安排在二楼，同伴滕越、朱林聪和赵砥被安排在了四楼。学校里的老师们一般中午留校休息，晚上回家，也有部分老师经常住校。我的宿舍是二小的陈伟老师让出来的，主要考虑到隔壁长期住着王伦俊和陶洁老师夫妇，还有兴富校长和王永群老师夫妇，会让我感觉更安心。和泽校长把自己四楼的小屋腾出来给了滕越，朱林聪和赵砥被安排在另一间。三个小伙伴的屋内设施较齐全，滕越屋里有床、柜子和桌子，赵砥和朱林聪的屋里也有桌子，但还需要自己组装一张床。搭眼一看，他们宿舍的感觉甚是温暖。

203号房间就是我以后的根据地。进屋第一件事，统览全屋，拍摄原始屋内外景物和陈设，检查水、电、门窗。第二件事，开窗透气，放下行李，打扫卫生，收拾东西。清扫了蜘蛛网，打扫了卫生间和阳台。正准备挂蚊帐时，小伙伴叫我一起去见校长，整理宿舍的工作只能先放下了。

到目前为止，心情总体来说还是平静的。外面景色宜人，屋内用品满足基本需求，此时微信中朋友们给的赞以及对这里环境的评价还算与我的内心感觉相合。这小小的宿舍里住着我们四个从远方而来的青年志愿者，心怀着美好的愿望，将在这大山里度过美丽的一年时光。

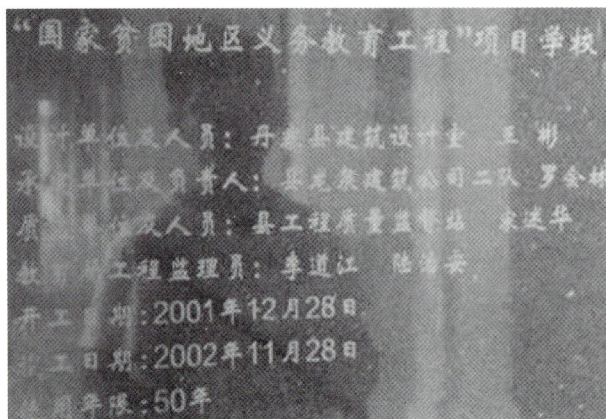

贫困地区义务教育工程项目学校

入住第一夜

2015 年 8 月 27 日　星期四

晚上，热心的杨秀彪（被大家亲切地称为小杨）老师带着我们去了趟附近的小超市，买了点日用品回来。校园里面晚上有点黑，大家在二楼分别。我进屋开了厕所和卧室灯，关上所有门窗，计划着尽快换厅里坏掉的灯泡，再给屋里添个桌椅。

整理工作还要继续，要先把床弄好。我重新擦了一遍床板，整理好自己带的褥子，然后开始整理蚊帐。

带蚊帐真的是非常正确的选择。今晚有许多飞虫在卧室里，它们喜欢往有光的地方跑，很像合肥的虫，有翅膀，身体暗红，尾部是软的，一翘一翘。它们猛烈撞击灯泡、墙面、塑料袋、水泥地的声音，一阵接一阵；我看到它们飞蹿之后停下来爬行，再起飞，俯冲，撞击，再爬行，乐此不疲，是在欢迎远道而来的客人吗？我可不喜欢。千万只羊驼已经在内心奔腾，卷起阵阵黄沙。

蚊帐是新买的，三开门，我已经完全把蚊帐弄乱了，乱七八糟找不到头和尾，偏偏还有飞虫喜欢飞到蚊帐上面，飞到床侧面的墙壁上，喜欢往上下铺之间飞。同时被蚊帐和"合肥虫"欺负，心里跑在最前方的羊驼一跃而起冲破了我的心理防线，我突然就哭了出来。委屈、恐惧和孤独无助一起涌上心头。虽然二小的住宿条件比我预料的好很多，但眼前的情况是我没想到的。看到群里的消息，滕越说过他们屋的虫子更多，毫无疑问这是普遍而又必须克服的状况了。我鼓起勇气，把蚊帐外围的虫子赶走，把上下铺之间的飞虫赶出来，自己钻到蚊帐和下铺之间，想直接从内部找寻出口。忍着对虫子随时可能飞到自己身上的恐惧，我沉下心慢慢整理蚊帐，找到一头就慢慢地、一点一点地拉开到另一头。

我发现飞虫不傻，它竟会爬进蚊帐与墙面之间，于是赶紧朝它喷花露水，但是它却迎面而来，使劲往蚊帐孔里钻。它的身体在使劲扭动，头已钻过蚊帐孔马上就要碰到我的褥子。这时候，恐惧瞬间化作除虫的勇气，撕点卫生纸，疯了似地、狠狠地隔着蚊帐摁上去。那种摁软体飞虫的手感相当独特的。可是它们是真的招人嫌，数量多、飞得快，百折不挠。最后，我借助蚊帐把它们弹到了褥子下面，驱敌初战告捷。

蚊帐弄好之后，我已经不想再思考其他。简单地洗漱一下，把可能用到的东西都放到床上，整理一下堆到床脚。床上东西一多，反而增加了安全感。我以尽量快的速度、连贯性的动作关灯上床进睡袋捂严实，终于长长地舒了一口气。

躺在床上，想着有人说在这里可以听取蛙声一片，可此时只有蛐蛐的声音。但是令我惊奇的是，没多久，突然响起一阵奇特的声音，莫非真是蛙鸣？如交响曲般，先是有领头的一声响亮的鸣叫，紧接着就是一片逐渐增大的蛙声附和，这样为一组，之后又如此进行了三组左右。原来真的可以伴着蛙声入眠啊！

添置家具

2015 年 8 月 28 日　星期五

早晨醒来，坐在床上有点茫然，突然不知道该做什么。其实我也清楚，应该下床换衣服，找地方吃早饭，然后上班，可偏偏坐在床上就是不知道怎么移动，潮湿的天气第一次给我一个下马威，感觉怪怪的。

阳台一景

小雨一直下着，早饭过后，学校分管水电的李锦林老师帮我检查了宿舍的电路，换了灯泡。接着，我又从宿舍楼四楼楼道头搬了个废弃的桌子到二楼。大木头桌子有点沉，只能一阶楼梯一阶楼梯地移动它。快到二楼的时候，碰到了吴云莉老师，还是在她的帮助下，才把桌子抬进了屋。木头桌子长期置于室外风吹雨淋，桌面摸起来又黏又滑。我用钢丝球沾着洗衣液刷了两遍，又用抹布擦了几遍，把桌子旋转到桌洞对着阳台门的方向，好让它风干。但是，它是潮到了木头里层的，干起来可不容易。

晚上回来时开了所有灯，发现今天没什么虫子，可能是因为白天喷过杀虫剂，而且下午关窗早的缘故。这倒是意外之喜，想来可以舒舒服服地睡个安心觉了。

一开始的不适应

2015 年 9 月 7 日　星期一

一开始就做班主任感觉很不习惯，事情突然增多更让我措手不及。班里的孩子们并不像想象中那么懂事，他们有这个年纪孩子应有的一切可爱之处，也有着一切需要改正的缺点。有的孩子上课喜欢讲话，下课还总爱靠打闹发泄精力；有的孩子总是和同学闹矛盾，不喜欢跟同桌坐在一起要换位，说同学跑太快撞疼了自己；也有的孩子偷懒不做值日，写作业不认真；等等。

昨天是王晓军早晨头晕，李明林老师带他去买了药回来吃，他还吐了，好在下午看他精神了许多，终于放下心来。今天是王万奇头晕流鼻涕，晚上才开始，头还烫着。晚自习还有一个孩子突然牙疼，张嘴一看就是个蛀牙，估计平时吃糖吃多了。

下了晚自习，张有标主任骑着摩托车，载着我和王万奇去看医生。买了药回来之后，我带他到办公室看着他服药，嘱咐他睡觉时盖好被子，明早再来接热水吃药。最近大概到了流行病多发季，前两天刚讲了如何预防传染病，转眼就有两个感冒的了。病来如山倒，平时活泼的孩子们，病了就一副蔫了的样子，不是趴着就是哭。住校的孩子病了没有家人照看，只能由老师照顾。我们来做志愿者前都是热爱锻炼的人，自己病了几天不吃药，好好休息一下也就扛过去了。但是学生不同于我们，小孩子的病情万万耽误不得。

还有王世杰，他好像不太适应住校，总是想妈妈想家。今天吃饭的时候一边盛饭一边哭，嚷着想回家。他的妈妈赶过来，在一旁看着他，给校长请假要带他回家。我不知道是不是今天上品德与社会课，讲到家庭温暖和父母的爱引起了他内心情感的爆发。其实讲课的时候，可能孩子们没有太大感觉，我自个儿倒是感动到不行。有时候我也会焦躁，感觉自己还是个孩子，却要去照顾更小的孩子。遇到问题不会处理时，真的不好受，就只能去问别人。希望自己也可以早一点变得更加成熟，能成为这些孩子坚强的后盾呀。

自制衣架

2015 年 9 月 10 日　星期四

　　快到国庆节了。其他人早已计划好国庆节做什么，可我还不知道该干啥。想家吗？想。但问我想回去吗？答案却是不敢，怕自己一回到家，就不会再想回到这里来了。还是决定守在这里，慢慢适应这里的生活吧。

　　厕所很脏，刷子刷不掉。寝室没有拖把，只能平时扫扫地。没有晾衣架，我就用脚踩直了粗铁丝，然后勾住阳台门的门把手和阳台外沿一层突出的墙壁，这样衣架可以挂在铁丝上。另外，从四楼搬下来的木桌子，桌洞边缘正好有较大缝隙，也可以挂衣架，只要注意不让衣服碰到地面就好。为了有更多的阳光，阳台拐角处还有我用细木板和拖把杆子搭起的简易衣架，不过不容易平衡也不牢固，只能晾轻的衣服。其他晾衣处还有诸如门把手、门锁、阳台的直立水龙头等。吹风机真的起到了很大作用，不仅可以吹头发，还能吹衣服。

　　这里空气潮湿，干衣服在屋里放一夜也会变湿。早晨穿衣服的时候我时常担心寒气入体，湿衣服根本就是一天天的用体温焐干的。洗过的衣服差不多要晾一周，还要遇上有太阳的下午才干得快一点。

自制衣架之一

这些都慢慢习惯了。现在宿舍外屋已经被两张桌子、一个衣箱、两袋包裹、两个盆等东西堆得满满当当。我也习惯了把电脑放在桌子上看教案、备课。大桌子用来学习，小桌子用来放生活用品，一切都开始走上正轨。

房间里有一点很好，就是插头多。而且现在也上得去网，因为电脑可以搜到四楼微弱的无线网络信号，然后从电脑发信号给手机用。这是意料之外的喜悦，它大大方便了我备课时查找资料，也丰富了我的课外生活，使我不致与外界隔绝。

状况随时有

2015 年 9 月 15 日　星期二

躺到床上准备睡觉，突然李明林老师打电话过来。原来，班里有个学生吐了，值班老师不知道我电话，就让李老师通知我，于是我赶紧简单换衣服下楼去学生宿舍看看怎么回事。

出问题的是李兴广，呕吐以后有点肚子疼，也没有不舒服，也不想上厕所，还起来自己收拾了呕吐物，说话感觉也还算精神，然后自己上床准备睡觉。一问才知道，这孩子从上午就感觉不舒服，晚饭也没吃。都一天了，不舒服怎么不早说呢！大概他也觉得熬熬就过去了，不想麻烦老师吧。小孩子也是第一年离家住外面，可能有些事不知道该不该说。还是做老师的对学生关注不够多。我再次深刻地明白了寄宿学校老师的责任，关心关爱学生，一刻都不能放松！

惨遭毒虫口

2015 年 9 月 17 日　星期四

这两天真的是被虫子狠狠地欺负了一番。

上周末去村里吃烤肉，欣赏了青山绿水，换来的却是满胳膊满腿的疙瘩、痘子和水泡。当时光顾着赏景，兴奋地往草丛里钻，却忘了防范。水泡大小不一，均起在疙瘩上，有的是一个，有的是密密麻麻一小片。以前腿上被虫子咬，起过类似的疙瘩，时间久了也会留下疤痕，腿上、脚上起就算了，胳膊上、身上好几个，这可怎么办？

去乡卫生所买了点药，想着指不定过一周就会好了。可一周过去，身上的疙瘩、水泡不见好转，反而有所加重。不能再坐以待毙了，于是决定去看医生。乡里诊所解决不了，只能去县医院。医生一边跟我说着话，一边在我手指上扎一下，猛地一下刺痛，直钻心窝。医生用小吸管吸取流出的血，输出到小瓶里，又让我用棉棒按住伤口。

血一会儿就止住了，我坐在椅子上等验血结果，看着带有血液的无名指，突然觉得恶心、头晕，还有点耳鸣，难受。一阵心悸让我陡生恐惧，幸好这种脱力感很快就消失不见，总算让我放下了心。

今天上午第一次为自己专门去医院寻医问药，第一次给自己划价交钱取药，第一次自己坐这打点滴，没有家人、同学、伙伴陪同。我有多少年没有打过针了呢？现在感觉左手背有一丝丝痛，有点冰冰凉的。右手腕在一开始做了皮试，偶尔有点痛感。还有左手无名指，也有点轻痛。

出来支教不到一个月，已经有了很多不一样的体验。这就是一个人的生活，站着吃饭也好，看医生也好，凡事总要有第一次。第一次迈出的步伐会有点艰难，会需要一定的勇气。

打针第四天

2015 年 9 月 20 日　星期日

近期要举行教师运动会，训练了一上午健美操，中午又一个人跑来县里输液。这是第四天了，输液最后一天，希望病快些好。

昨天正好周末，赵砥来陪我输液，同时他也有些身体不适，顺便看了医生。兴富校长和王永群老师到医院看我，还邀请我们四人一起去他家做客、吃饭，很是热闹。来到丹寨的这些日子，我们总能感觉到丹寨人的热情。

这个周末真是操劳，整日在外奔波。下周也是要辛苦一下了，每天下午都要练操。这是我参加的第一个老师集体活动，定下的健美操项目跳起来很有活力，节奏也快，一开始都跟不上。今天上午大家在一起研究了分解动作，把操学了一遍，之后的几天就要排练队形了。

每每想到国庆节就要见到父母，既开心，又害怕。出来一个月，带了一身伤，怕看到他们关切的眼神，怕听到那些略带责备实是担忧的话。我发现自己现在变得好容易感动，哪怕是平时交流不多的老师询问一句我有没有好点了，我都会突然觉得好温暖、好开心。

一个人的日子还真是不好过，尤其是对于突然而来的工作和生活压力，会不习惯。也许天将降大任于我，于是让我来到这里，苦心智，劳筋骨；也许是上帝觉得我之前太抠门亏待了自己，于是让我来医院赏我几小时睡眠，不用备课，不用改作业。只是，这些工作总归是等在那里要我去做的。

今天天冷，外面在刮风，我只穿了一件短袖衫加薄外套，走在外面还是有点凉的。左手已经成了一个粽子，一片皮肤都红彤彤的，已经见肿。生病不好过。

国 庆 将 至

2015 年 9 月 25 日　星期五

今晚在微弱的电影声音的陪伴下备完了品德与社会课。突然发现，电影不仅可以拿来仔细品味，还可以用于孤独时的陪伴。

床很凉，被子有些潮湿。来到这里，吹风机的用途扩大到每天早中晚换衣服时把它们吹暖，当然也没什么持久效果。

抓住机会晒被子

听，蚊子又在嗡嗡嗡了，希望它不在我的蚊帐里，希望它找不到钻进来的地方。是不是因为我身上的伤口们，使得血液的香味散发得更远了。晚上睡不好觉，白天还要练操，无数的压力接踵而至，我突然觉得有些难以负担。

在父母的鼓动下，我决定要回家过假期了。潮湿的夜晚，伤口又在痒了。这个假期要争取把语文课文资料都准备好，这样回来之后应该会减轻些负担吧。

备课的时候就发现，一些查找资料、下载东西的技能，都是以前积累起来的。也许万事发生皆有其因果，这一年在外面，肯定也会积累起将来会用到的东西，我这么安慰自己。

现在的我，很想家，想念那个小城市，很想和父母在一起。以前觉得跟父母出去玩没意思，现在想想哪怕见一面一起压马路似乎都好奢侈。我离他们真的好远啊，看到他们微信发来的小视频都会很有感触。教的课文也是够应景，像品德与社会课，都是感受亲情、感恩父母、关爱家庭一类的内容；像语文课，就经常来个中秋佳节思乡思亲什么的。

我开始有时间去思考自己，更了解自己。人是群居动物，喜欢热闹，但我喜欢的是跟熟人热闹，跟亲人居住。一人在外，哪怕他人对自己友好，也觉得跟家里的温暖不一样。即使一开始对陌生的地方有兴趣，觉得有意思，维持的时间也短暂。思乡思亲，异乡的夜里，我一个人无比的孤独。

中秋，佳节？

2015 年 9 月 27 日　星期日

今天是中秋节，学校里的老师们都回家了，晚上校园里黑漆漆的。此时人更少，更觉冷清。

今天吃了两个小月饼，第一个菠萝味，第二个水蜜桃味，水蜜桃味的不好吃。月饼是昨天下午去县里取比赛专用鞋的时候买的，头一次自己过节买月饼。月饼品种不一，价格不等，就挑价格便宜的，一个口味一个。虽然节日是自己过，我也得让自己吃上一两块儿月饼才行呀。

不知道今天家里人是怎么过中秋节的。妈妈说，我不在家，节日气氛就淡化了。往年中秋节我在学校，还觉得热闹一点，今年自己独在外地过节，举头望明月，低头思故乡之感油然而生。后来我对赵砥说，讲思乡思亲的课文，孩子们可能还很难理解这种情感，作为身在异乡为异客的我真是感触颇深呀。赵砥说，他们的父母不是也在外地吗，不也过得挺快乐的？我觉得可能是因为他们的家在这里吧，自己在外地和家中有人在外地的感觉，是不一样的。

跟罗永翠老师聊天，说起她刚来学校那会儿，压力也是很大的。那时候长青二小还没盖起教师宿舍楼，罗老师家不在本县，只能住在教学楼的办公室里面，晚上楼里楼外都是黑漆漆的，一个人住在里面着实需要一股子勇气。罗老师做班主任第一年，带的是三（2）班，是从村里教点上来的班级。因为刚来到新学校，学生好多规矩不懂，好多该有的行为习惯也没养成，班级经常在校会上被点名批评。学生可能不太理解，但是作为班主任，心里一定不好受，而且会有更多心理压力，这点我已经体会过。我猜想，可能那段时间的罗老师也不怎么快乐吧。好在热心的陶洁老师也经常叫罗老师一起过周末。现在陶老师也经常在周末做了饭，叫我们几个支教的老师一起吃。她的爱人是教体育的王老师，有个可爱的儿子，是个特别机灵的小男孩，现在上幼儿园，眼睛又大，睫毛又长，长得可爱，还不怕生，老师们都喜欢他。

工作上，老师们平时除了上课带学生，还要做一些管理工作。刚开始带学生、做班级计划和教学计划的时候我都觉得复杂。而罗老师除了面对这些，还要完成学校分配的任务，比如管理班班通，哪个班电脑坏了得去修。遇到会解决的问题还行，遇到麻烦的还要联系县里的人来弄，而且每班每天使用班班通情况要登记，最后还要整理统计，工作比我的要复杂得多，也要劳累得多。虽然有来自工作、生活上的压力，但辛苦一定会有回报。罗老师任教的第一年，因为工作勤奋、教学质量高，被评为优秀教师。

其实，老师们繁杂的工作都是年复一年的，这是自打任教开始便决定的事。跟他们相比，我所感受到的不习惯，真的不算什么。

听，外面有几个小孩子的笑声，似乎在不远处的田间方向，不知道是不是孩子们大晚上出来偷人家的南瓜了。今天听吴云莉老师讲，中秋节偷别人家南瓜，是这里的一种风俗。不过大多数家庭都会在中秋之前把自家种的南瓜摘回家去。今晚，我们几个支教老师是受了吴云莉老师邀请，到她外婆家吃的饭。吴老师怕我们晚上没饭吃，就特别热心地一定要我们跟她去吃饭，盛情难却，我们便一起去了。

　　吴老师外婆家离学校不远，听说她也经常去外婆家。以前学校还没有校舍的时候，她就住外婆家。吴老师的妈妈在外面打工好多年了，她小时候就经常帮外婆做家务、干农活。她的外公还是抗美援朝的老兵呢。今天吃了外婆家地里刚挖出的地萝卜，就是那种白地瓜，水分特别足。听说只要不吸水，就能放好久，越放越甜。正巧我今天在县里也买了几个，打算带回家给家人尝尝。

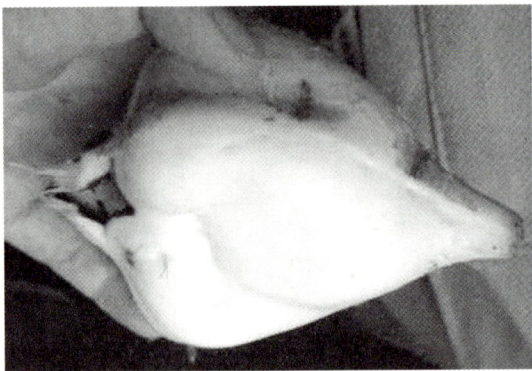

地萝卜

　　离回家的日子越来越近了，这两天做梦老梦到家人。身上的疙瘩整夜发痒，短暂的睡眠短暂的梦，依稀记得的梦告诉我，我还是睡着过的。

天气转凉

2015 年 10 月 10 日　星期六

　　连下了两天的雨，终于停了。国庆之后，天气变得凉飕飕的。我在原来的褥子上又加了一层褥子，把原来盖的薄被子也垫在上面，盖上一个厚被子。感觉床铺一下子就高出很多，更厚实更柔软了。

　　国庆回来之后，心情比上一个月稳定了些。但是晚上一躺到床上，温暖的被窝和凄凉的心形成鲜明的对比，心里就有莫名的酸酸的难过。其实想想，这样的日子不是也挺简单的嘛，每天生活更加规律。一年相对于一生很短，但一年的时间如果自己不找点有意义的事情做，那就是白白浪费了。可是躺下就忍不住想到远方的亲人，这不免总使我落下几滴眼泪。

　　书和冬天的衣服寄到了，我需要书来充实自己，也需要更厚更贴身的衣物帮我抵御潮湿和寒冷，让我疲惫的皮肤少经受一些束缚，早点恢复健康。随着时间的推移，已经慢慢要到了睡觉过后特别不想起床的时段，起来会好冷，这种天气就适合待在被窝里。想想以前冬天，宿舍四人要是没课，就都待在床上，谁要是下了床，就被大家逮着趁机让她帮忙拿东西，拿吃的喝的。今年冬天，看来只能自己拿了呢。

　　今天听了一节罗琳老师的语文课，罗老师很会通过语气、重点词句和总结引导学生，学生们也都积极举手表现自己，师生互动配合默契，课堂气氛活跃热烈。很期待明天罗老师给我们班的学生上这节课，不知又会有哪些精彩瞬间呢？

气氛活跃的课堂

盼

2015 年 10 月 17 日　星期六

醒来，吃点心，拿快递，看专业课，备课，吃饭，睡觉，就这样子度过了周六。

下午四五点时的学校，空荡荡、静悄悄，太阳快要落山了。稻田里的水放干了，几只鸡在里面愉快地奔跑，扑扇着翅膀，可我并不想一直站在阳台上看它们，我也不想赶鸡人从下面看到我。

原来周末也是这样难熬，真想时间快一点，再快一点，飞到20周。网络最终还是断了，没有网的日子，连电脑都不想开了，虽说以前只能搜到一点无线网信号，连上也老断网，或者连上也不怎么上网，可是有没有网真的是两回事，现在不能查资料，不能下载东西，感觉跟外界断了联系。

今天太阳还不错，上午晒了被子，中午睡觉收回来。房间的卧室只有中午会透进一点阳光，照到床铺的一角。外面的小房间有阳台挡着，一点阳光进不来。午觉睡得昏昏沉沉，一开始想醒都醒不过来，也不记得闹铃响了没有，以为睡了一下午。赵砥的敲门声叫醒了我，问我去不去打鱼，我说还在睡觉。原来还不到 14：30，闹钟还没响。

晚饭近 8 点才吃，主要是酸汤鱼和油炸小鱼，油炸小鱼跟鸡蛋葱一起炸的，味道很好，口感也不错，酥软酥软的。来这里以后经常吃鱼，尤其这段时间，各家都在收稻子，请亲朋好友到家里吃鱼。这种习俗式的鱼已经吃了三顿了，分别是门卫李公家、杨秀彪老师家，还有昨天陈伟老师姑姑家。

买的小暖气片还是有用的，可以烤衣服，不用吹风机吹了。

我猜想，度过第 10 周后我也许会好受一点。因为第 10 周就像周三，过半了才好倒数。然而现在我发现，周末也有周末的凄凉。

纠结的心

2015 年 10 月 19 日　星期一

一个人，在遥远的他乡，每天看着身上的伤，期待着它们尽快痊愈。

手上的伤不同于腿上胳膊上的，白天穿着衣服看不到，手腕上和手掌上的泡，总是一抬眼就能看到。一个人等待伤口的好转，就更容易联想到在家时有人陪伴的温暖。

我好像很难放松自己，总在担心很多事情，担心药吃完了抹完了没有了，担心病情复发，担心出现新的伤口。电视剧还有缓存的，就担心看完就没有了。其实还有30多集的电视剧没看呢。今天下了两本电子小说，不知道能不能看得下去，好像对小说已经没兴趣很久了。

前几天跟大学室友聊天，心同说她理解不了我在这里的矛盾心情。国庆节提前备课主要是想减轻开学之后的负担。开始看专业课似乎也不只是因为想学习增加专业知识，而是作为简单生活的一种调剂。为了转移注意力，我开始想做些自己的事，只关乎自己的事。我自己一个人躺在床上的时候，也会常常想起跟心同、梦娟、叶楠的大学时光。此刻她们在做什么呢？看书，睡觉，还是吃夜宵？

这个周末，在看书、备课还有家访里度过。周六一天都让自己沉浸在专业书里。我也想着如果自己能完全融入这里的生活，兴许就会觉得时间过得快了，可是好难啊。什么白驹过隙，什么光阴寸金，什么时间如流水，马儿呀你倒是快点跑，流水也不要优哉游哉地光顾着让人赏心悦目了，不要做山涧小溪，变成飞流直下的瀑布吧！真希望2015年快点过去。

遥远的陪伴

2015 年 10 月 25 日　星期日

经过专人通网，我终于可以在宿舍上自己的网了！虽然网速不足以让手机下载视频，不过可以用电脑在线看剧了，手机上个QQ、微信、微博也还是可以的。晚上回来就跟爸爸妈妈视频，终于又见到了他们，虽然只是在屏幕里，心里还是很高兴。我想，有了网，我应该开心一些了吧，平时也不用担心看不了电视剧了，周末也有事做了。

第8周周末，看一点电视剧和电影，听听欢快的音乐，做表格，做PPT，跟妈妈通电话，就这样过去了。

晚上跟爸爸妈妈开了视频，两老或在聊工作，或在收拾房间，或在看电视，我在这里看书。妈妈说，这样是不是有在家里的感觉了，是啊，虚拟的在家跟现实的在外更形成了鲜明的对比，烘托出悲凉的气氛。听着爸爸妈妈偶尔发出的笑声，听爸爸接电话，听妈妈拿袋子装衣服，我在这边安静地看书，穿着冬睡衣。后来妈妈把摄像头对着电视机，就好像我是坐在床上跟他们一起看电视一样。中间视频断了一次，再接起来时，我说只看到天花板，爸爸调整到我可以看到他的角度，继续看电视，我也继续看书。来自亲人默默的陪伴和支持，才是最大的动力。

网速焦虑症

2015 年 10 月 27 日　星期二

天渐渐凉了，我发现自己现在好容易焦虑，网速一下降，就觉得很恐怖。昨天下午开始看不了视频，今晚跟爸爸妈妈视频也不太顺畅，没有最不顺只有更不顺。有时候就会看着下载电影的网速，上升一点或者维持速度不减少就开心点，一发现速度下降就不开心，很怕没网，再次切断跟外界的联系，跟爸爸妈妈的联系。今天看书时，爸爸还在视频那头说："爸爸下楼出去买东西了啊。"就像我在家一样，如果在家，可能就拉我一起下楼转转了。其实下午开会的时候，我就盼着快点开完，快点回宿舍开视频，就像上幼儿园时盼着妈妈来接我回家一样，突然就这样想到了儿时的自己。

今天没什么特别的事，平淡也好，有水有电不断网就该知足了。

两 月 自 省

2015 年 10 月 30 日　星期五

这里已经进入深秋，变天非常突然。昨夜下了雨，今天气温就突然降了好几度，我不得不换了外套，可还是好冷啊。中午起来脚会冰凉，夜里再也不会睡着出汗，开始要裹严实了。白天屋里开窗的时间估计也要减少了。

中午看到一篇文章，说人要每天回顾自己一天的活动，思考自己的心境如何。

我每天6：20左右的闹铃，6：30左右起床，拿出手机充电器，利用早晨的时间充会电。开小太阳一档，把要穿的衣服放上面烤烤。洗漱，穿衣服，拿上钥匙出门盛饭，回到寝室吃早饭，吃完洗碗，背上包拿上水杯，出门上班。如果遇上计划打杀虫剂，就穿好衣服鞋子打药，憋着气洗手洗碗，那速度跟打仗一样。出门盛饭，在食堂或走廊吃早饭，在外面洗好碗筷，临出门上班前开门窗通风散气。其实这样看来，我留给虫子被毒死的时间还是少的，但是我也没办法，中午还要回来睡觉，总要留有一些时间散药味的。

我喜欢早饭在屋里吃，因为盛好饭回来一进屋就会感觉暖和一些，连屋里的味道都是熟悉的，一股我生活过的味道，待过一晚的味道，温暖的味道。早饭我会尽量吃快点，因为要早早赶去办公室上网，上微信给妈妈说早安。

到了办公室，开网，签到，手机上浏览微信、QQ等，有作业就在早自习之前收上来改改。这几周第一节课都去听其他语文老师上课，所以上午时间其实并不空，听课评课之后赶回自己班上课。上午上到最后一节课的话还要陪学生吃饭，中午抓紧时间休息，下午第一节有课就13：30起，没课也不想多睡，其实也睡不着，顶多14：00就起来。

一周五天课程安排不同，在寝室的时间也有差别。基本上我的课上午较多，除了周四晚上带晚自习，一般下午回来较早，然后回来关门窗，洗漱，换衣服，看书。洗漱的时候开着电暖，洗好了关上，可能烧一两壶水。这一周的下午第三节课左右，我会去操场走几圈，晚上回来跟爸妈视频。他们在家里做着自己的事，我在这边看书。

这就是我一天的活动，日复一日，很规律，早起早睡，我都背下来了，心境到底如何呢？其实我也不知道。我偶尔会感觉孤独，感觉冷清，感觉突然不知道做什么，却也知道并非无事可做。我不知道自己是否有所成长，不过我知道，我每天都有时间去反思过去的自己。我会去想念家人，反思自己过去陪家人太少，让我现在这样远离亲人和家乡，是报应和惩罚吧。我会去想念同学，想念那么多人在一起的日子，想想过去大家在一起玩得还是太少，跟室友也闹过别扭，虽然住久了难免有矛盾。看，现在周围没人了吧，自己过了吧，不快乐了吧，活该！

在这里，没心思去看淘宝，感觉这里的老师和学生都跟这些不挂钩，没了氛围，这里的一切都那么古朴。虽然以前我也不是个大手大脚的人，买东西也会计较价钱，但是来到这里，不限水（虽然经常停水，水还浑浊），不限电（虽然也经常停电），有热水洗澡（学校烧水装置坏了一段时间了还没修，要自己烧水洗或趁着没人跑去学生浴室），三餐免费（虽然每天饭菜口味差不多），过着这样的日子，只要不是自己买生活用品，基本不用花钱。连花费都变得有规律，上网购物反而成为额外的一部分累赘，这边快递不方便啊。不过偶尔上淘宝看看也还是给眼里增加了一点色彩。

所以总结下来，每天的娱乐时间就是间歇性地刷微博、QQ、微信了。

心境呢？练就沉着应对一个人的孤独？我不沉着，偶尔会在屋里小小地发泄一下。我的理智会开导我，帮我分析现状，帮我在痛苦时努力寻找快乐，但是理智也仅仅是理智，强大的情感之下，理智往往不奏效。我知道，我要坚持，我在坚持。

支教应该是一件有意义的事，是在奉献，可是我除了给老师分担了工作，参与了募捐，还奉献什么了？教学能力不如老教师，学生成绩不好，我到底带来了什么新东西，我对得起所谓的"奉献"一词吗？

还要继续努力！

我的双十一

2015 年 11 月 11 日　星期三

下了一整天的雨。考虑到换了睡衣再看书老是怕虫子跳到身上，所以调整了晚间活动顺序，吃完饭先看书，之后洗漱，钻进温暖的被窝。

今天是双十一呢，马老板的开心日。周围的小伙伴都入了今年的剁手族，大概只有我昨天早早上床。现在在被窝里看芒果 TV 的双十一晚会回放，一片喜气洋洋里，心情也好了许多。微信里听到妈妈的声音总觉得特别温柔，特别好听。那种一家人其乐融融待在厨房里的日子好远。今年这光棍节过得不快乐，都没心情剁手，没有节日氛围。我的双十一，作息仍然规律地不能再规律。

天凉了，早晨和中午都不想起床了。像中学的早晨，起来天还没亮，可家里暖和啊。这是第一个既没有暖气温暖我，又没有同学温暖我的一个人的冬天，好冷的冬天。

丹寨的雨

2015 年 11 月 19 日　星期四

丹寨的雨，可以不急不躁地下一周。

这是第 12 周，一周都在下雨，基本就是小雨，真的很小，就像拧不紧的水龙头，不肯停，也不肯干脆地泼下来，就丁丁点点地滴在人的脸上、头上。丹寨的雨天，从屋里向外看，有时候感觉就快晴了，一旦走出去，那还是走进了雨里，看不到，却感受得到。

这里也偶尔有大雨，大雨通常不会持续太久，"大将"冲锋陷阵把大地淋湿以后，留下一群"小兵"维持着大地和空气的潮湿。偶尔"大将"回来转一圈再离开，"小兵"则天天驻扎。上一周也都是雨天，不知下周如何。入了冬以后，这里就很少有看见太阳并感受到有阳光的晴天了。

这时的我看到爸妈的照片和视频，听到他们在语音里说着自己的生活，倍感温馨。

百变天空

2015 年 11 月 23 日　星期一

丹寨的天阴起来，可以一连阴上好几天，天空要么没云，要么乌云，总是给人更深露重、寒气入体的湿冷感。而丹寨的晴天却总有种佛光照耀的感觉，白云成块儿地在天上缓慢飘动，变换成各种形状，可以令人毫不厌烦地看上好久好久。从小窗户里往外看，天上的云软绵绵，厚厚的，像块松软的大面包，风一吹，明显看得出云在动。云层有时候会遮住太阳，珍贵的阳光洒进屋里不久，就会被天空中漂浮的云朵遮去半张脸。

校园里的多样天空

　　这样的天气之下，我总在犹豫要不要把被子拿出去晒，一边犹豫一边望着窗外的云层出神，等到终于惊觉，天已经黑了。最后的结果是让被子们就在屋里吹吹风，通通气。

　　今天天气还不错，我把两个枕头轮流放在小凳子上，搁在阳台门口，那里通常照得到阳光。早上在屋里发现两只小蜘蛛，有一只在蚊帐外面被我发现，还有一只从床上面穿过蚊帐孔吊下来，被我握在手里带到外面吹掉。不知道是不是哪只大蜘蛛在屋里生小蜘蛛了。能够切身感觉到小生命在我身边繁衍生息，有种奇妙的满足感和仪式感。

十一月末

2015 年 11 月 27 日　　星期五

　　终于又结束了一周。

　　这一周感觉事好多，值周查晨读，周四打扫卫生，周四周五代了李明林老师所有的课。或许是因为我的课被运动会抵掉了，现在要一口气把我没上的课都补给我。当讲完了最后一单元的四篇课文，口干舌燥，完全感受不到嘴唇轮廓的存在，有点像小学那会儿冬天口唇冻伤后火辣辣的痛觉。

　　这周虽然没怎么下雨，可是好冷。下午只上了一节课，就集合学生们下楼，简单地进行了运动会闭幕式，然后发奖品。我班有单项奖四个，分别是中年级乒乓球第一、第二，女子跳远第一、第二。另外还有拔河第二，迎面接力第三，以及女子三人四足第一，还是收获颇丰的。

　　这个周末没带教材回宿舍，想要看看自己的书，好好休息。哦，对了，今天阿婆在妈妈指导下用微信给我发语音了，阿婆问我伤好了吗？想家了吧？要好好照顾自己，嘘寒问暖，还跟我说他们今晚有什么好吃的，又戳泪点。

周末放学

心 境 转 变

2015 年 12 月 7 日　　星期一

　　或许是为了迎合我的好心情，今天天公作美，早早地就日出东方，照下来一片暖融融的光芒。下午把枕头放在太阳底下晒了会，晚上睡觉时闻着布料透出的阳光味道，感觉又回到了小时候，有种躺在妈妈身边的安心和熟悉感。

　　刚才妈妈在语音里跟我说，还有四周就要放假了，返程票还要过几天才能买。妈妈在电话中难掩兴奋语气，我也是忍不住地感到激动和迫不及待。这学期终于临近尾声，新课已经全部结束，最近都在复习了，元旦回来就会进行期末考试。

在这里待久了，慢慢地我也开朗起来，当初不适应时那种幻灭和人格分裂的感觉都已经烟消云散。一开始不熟悉学生，学生也不熟悉我，上课时他们沉默不语，我也就缺乏兴致和成就感。现在我们互相熟悉了，上课时总有一些同学积极回答问题，学生的注意力集中了，老师教课的积极性就高，师生互动增加后，上课的乐趣越发显现。我们几个支教老师还凑在一起，思考如何提高孩子们课下复习的效率，养成良好的学习习惯，这被几个相熟的学生戏称为"折磨"。比如，提前一两分钟提醒学生准备上课，上课轮流回答字词，偶尔抽查背诵什么的。收效显著，孩子们的复习效率提高了，遵守纪律的意识也大大增强。

刚来到学校时就担任了班主任，所以看操、看吃饭、管班级和学生各项事务都是责任和义务。现在不是班主任，我也会在上完课去看学生做操、看着他们吃饭，也当是休息一下散散心。看学生吃饭也有事做，不让他们大声说话，吃饭坐好，手要拿上桌子扶着碗，挺有趣的。其实，我们都在生活中慢慢地熟悉彼此，越来越默契。

湿 冷 季

2015 年 12 月 16 日　星期三

快到期末了，反而心情感觉有点不轻松不愉快。这周一直都处在上级检查的紧迫中，课上得有些乱，事也多。

在这里没水电真的会变麻烦的。今天停水停了一天，在屋里吃完饭要去楼下洗，楼下能出水的水龙头也少，水流也不大。早晨洗漱用的热水袋里的水，有股橡胶味。

为了方便明早洗头，晚上拿着电水壶下楼走了三趟接水，回来都倒进脸盆里储存，明早应该够用了。趁着学生上晚自习下边没人，我就去洗碗池边刷牙洗脸。下面又黑又安静。打开灯，池边只有我一个人，洗脸的时候，脑袋里就容易想些乱七八糟的东西，比如身后会不会有坏人对我图谋不轨，又想着学校里应该也不会出什么事吧来聊以自慰。洗好脸赶紧起身

学校洗碗池

想去垃圾桶那边关灯，一转身看到开关下坐着一只猫，眼睛一眨不眨地看着我，我们四目相对时，它看到我转身，跑了。刚才它竟然端坐在那边打量我，大概之前它没见过有人这个点来洗脸吧。

不知道为什么右腿总感觉有点疼，希望不要落下什么后遗症。这里晚上睡觉摸到被子都是湿冷的，以至于我总是半夜惊醒，迷迷糊糊地感受一下思考一下，是不是热水袋里的水洒出来弄湿了被子。

出 太 阳 啦

2015 年 12 月 17 日　星期四

终于出太阳了！

已经想不起来有多久没有见过太阳了。这段时间没有阳光，想到新的晒枕头的方法就只能藏在心里，跃跃欲试而得不到实践的机会，今天终于实施了。太阳光照进屋的时候不多，只有中午一段时间可以照到床上。卧室的窗台很宽，可以完全处于阳光下，就是太脏了。今天拿塑料袋垫在窗台上，枕头放在塑

晒枕头

料袋上，让它整个处于阳光之下。还有，阳台那个水池台子空间不小，今天我也在上面垫了塑料袋晒枕头。

教学楼二楼原先有个小屋是留守室，空间不够，学校就把二年级的教室换到四楼，把原二年级教室也改造成留守室。留守室里，粉色墙、花架、海报、挂着的学生照片，有沙发、电视，设备齐全。学校领导和几个老师整个晚自习都在布置，下午还空荡荡的教室，晚上一下子变成了留守儿童温馨的家。

留守室——温馨的"家"

跨　年

2015 年 12 月 31 日　星期四

此时此刻，还有三分钟就要迈入崭新的 2016 年了。

2015 年值得回顾的事情有很多，提笔却又不知该从何下手。这一年以来经历了许多事情，感受到了许多原本没有过的体会，这一切都让我感慨万千。本不想装模作样写些矫情的文字，可真的开了个头后文思泉涌，写完后一看时间，已经是 2016 年的第二个小时了。

2015 年的最后一顿饭是粉拌老干妈，没加盐，不好吃……

2015 年最后一天是星期四，最后一课是上午第二节。这一天有太阳，晒了枕头……

最后一个会是下午 2 点的全体老师临时会议……

最后一次运动是我们几个从学校出发走过小朗大朗坞西又绕回学校……

最后一通电话给爸爸汇报妈妈在干吗……

最后一个视频……

今晚整理照片，记账，大学班级群里撒了几个红包顺便也抢了几个，朋友圈里看到悉尼烟火，还有各种告别旧年迎接新年的祝福。

连用了四年的移动在被吐槽了 N 久之后终于开始把每月结余流量算到下个月了。

长青二小，我们来时，没有刻了字的石头，没有花坛蓄水池，操场周边都是杂草，树木上还有绿叶花朵，枝干上还没挂上树木名字，新食堂还没用起来，留守室还只是一个小屋，

老师们为石头上色

宿舍内除了床架什么都没有，阳台外面还满是绿油油的水田。一学期过去，逐渐熟悉了这里的老师，逐渐熟悉了这里的制度：周一早晨晨读升旗，周一下午第三节课例会，平时可能召开临时会议或紧急会议；学生吃饭老师要陪餐，要带队去食堂，早饭晨读老师带，中饭是上午最后一节课老师看，晚饭是晚自习老师带；上午大课间由第二节课老师带队下楼看操；开学要交班主任工作计划、各科教学计划，每月检查作业批改情况和备课情况，逐一安排听课和集体备课。学校经常要接受上级领导的检查，老师们经常要准备各种材料，可能周末还要加班。早晨签到从手写变成了机器操作；备课有了新要求，五年以上教龄打印二次修改，以下就手写。二年级从二楼迁到四楼，原二年级教室变成了留守室，像微机室、音乐室、器材室、图书室等也逐步规整。其实这半学期下来就发现，二小的确是个刚合成不久的学校，一切事务都需要逐步完善，它也在成长变化中。

山水环绕的教学楼

在这里工作生活，我由一开始的天天想家，到后来每天合理安排教学和自己的学习；从不熟悉学生，到现在他们都不怕我瞪他们、说他们，上课也知道积极回答问题了。从一开始遇到学生之间产生矛盾时当成大事认真处理，到后来再有告状的干脆不管了。本就是小事，同学之间可以自己学着文明解决，越是当成大事处理越是不好，现在大家也都相安无事了。一开始陪餐很不习惯，学生吃得又慢，我自己又要站着吃，后来找到事情做了，就是看着他们吃饭，不许吃饭时说话，手要放上桌扶着碗，养成好习惯。以前到了我的晚自习就真给他们上自习，后来发现好多老师都是上课的，合理利用和分配好晚上的时间也有助于更好地完成教学计划。

宿舍里通了网，生活也多彩起来，电脑基本从早开到晚，没办法，网有限。现在每天早起背单词吃饭签到，有课上课，没课听英语或看看专业书，偶尔追两集电视剧。

熟悉了县里的农行、超市、点心店、包子店、16 路车站，买过了当地蜡染产品和茶叶。参加过教师运动会和长青二小第一届学生运动会。

再回想整个 2015 年，感觉也是多事的一年。我也发生了许多事，从准备考研到面试保研，从跟同学坐在教室里学习到跟长青二小老师坐在办公室。我们一次次的毕业聚餐，照着一张张毕业照，实习、备考、找工作面试。对于我而言，最大的两件事，就是毕业和支教。一个表示学业告一段落，一个代表投身社会公益事业。我开始有了自己的"工资"——来自国家的支教补贴。

我先前之所以那么期盼着 2016 年，就是觉得 2015 年是繁杂的一年，好多事，好多转变，好多跨越，想快点结束这多事的一年。哈哈，不过，从此刻开始，以后再写日期，就是 2016 年啦！"666"，多顺啊，好年！

新学期开始

2016 年 2 月 29 日　星期一

已经是第二次来到这个对自己来说并不算陌生的地方了，但还是免不了多愁善感，家里和这里是截然不同的两种生活。

中午到校后四人先一起去吃了面，其实我没什么胃口，就吃了半碗。不同于冬天寒冷的温度，一进入春天，气温便开始升高，再加上吃面的时候还靠着大暖气桌子，穿着羽绒服其实挺热了。天晴有太阳，晒了被子，房间也好好地打扫了一下。

过了一个假期回来感觉跟老师和教学楼都有点陌生了，上楼跟老师们打个招呼，去了一趟班里。晚上吃过饭去办公室时，看到赵砥已经开始备课了，后来朱林聪、滕越也相继到来。看到彼此后我们会心一笑，原来大家都不约而同地选择在上课的前一晚到办公室蹭蹭学习气。我们一起组装了简易塑料书架，拿了新的备课本、听课本和考试卷子，整理一下桌子，打算晚上写写备课本，尽快开始新课。不过明天第一节课，我打算跟学生聊聊成绩，还有大家的假期生活。

学生期末考试语文平均 40 多分，数学平均 30 多分，平行班一班语文平均分 70 多分。虽说一班成绩一直不错，但我班成绩并没有显著提高，说明我的教学方法应该还存在着一定的问题。这个第二学期，我和学生也算熟悉一些了，决心要好好地抓一抓他们的成绩，争取让孩子们有一个比较大的进步。

春天来了

可爱的小邻居

2016 年 3 月 5 日　星期六

虫子慢慢地又开始出现了。开学的第一周已经结束，早晨醒来的时候外面下着雨，本想多睡一会，可想到今天忙碌的安排，还是挣扎着起了床。

中午饭是在陶老师家吃的。陶老师家挂着熏腊肉，是准备送给亲戚朋友的。丹寨习俗，过年大家都会互赠腊肉。在陶老师家我们第一次吃了灰碱粑，这名字着实拗口，我都问了好几遍才记住。好像是用碱煮出来的，咬起来像糕点，有淡淡的碱味，带着一丝丝甜，还有一点回甘。听说在剑河那边一般过年饭菜还没弄好的话，大家就先吃这个，他们家乡的人都喜欢吃。但是本地老师就有吃不惯、吃不下去的。原来，贵州还有一种食物是我们吃得下、本地人吃不下的呀。

王老师和陶老师的儿子王翔丰依然可爱。今天中午吃饭的时候，他惹陶老师生气了，陶老师要打他的手，还没开始打呢，他一转身，突然就开始大声哭了，竟然还在跑进卧室之前打了一下坐

熏腊肉

在屋帘旁边的滕越。屋里顿时爆发一阵笑声，这躺枪躺的，当时就懵了啊。我猜，是因为小孩子在一帮人面前挨训，所以自个儿进屋哭之前还得找个出气筒打一下博回一点面子。不过小孩子眼泪来得快去得也快，陶老师一叫他就出来趴在陶老师怀里了，听着妈妈温柔地讲道理，陶老师说什么，他都点头说"嗯"。

烤火炉、电暖桌

夜班小插曲

2016 年 3 月 16 日　星期三

晚上值夜班，在学生临睡前去看看有没有什么事。学生们总喜欢在走廊里跑闹说笑，到点不上床，看到老师来了都蹿得挺快，老师一走就往外跑。有人出来跟我告状，说同学被打了，眼睛流血了。我赶紧去看，寝室已经熄灯，就那个小男生还在哭。我叫他到楼道里，原来是个一年级的小男生，说上铺的同学打了他。我仔细一看，哪有血，只有眼泪啊，也没有明显的红肿。估计是自己流了眼泪，被同学说流血了也是吓着了，以为眼睛真流血了。我便安慰他说，没什么事，不哭睡一觉就好了。

教育完调皮的孩子们，走回宿舍时一边走一边心有余悸，幸好只是流眼泪，若是真的流血，这个晚上可就不好过了。

第一次给学生盛奶

2016 年 3 月 30 日　星期三

今早陪餐，如往常一样到了点拿着碗下楼。在楼道里就看到我班学生一长队排到门口外边。唉，怎么每次都排到最后呀。其实每次走过学生的队伍都感觉有点不好意思，可能因为会在他们排队还没盛饭的时候，我就打饭了吧，有时候还要端着饭碗穿过一群学生，顺便接受他们对我的碗投来的好奇的目光。所以每次有学生看我，我都刻意忽略。

从侧门走进食堂。咦，什么情况？食堂里排了四队，一二三队的班级前面都有老师打饭，第四队也就是我们班就站在那边不动。以前不都有阿姨打饭吗？怎么不动呢？看到学生们转头看我，排在最前面的几个学生似乎是想让我过去。于是，我停下本打算走向教师饭盆的脚步，转向我班队伍最前面。我看到台子上摆了一盆牛奶和一盆炒粉，旁边的张明辉老师正在给他班的每个学生舀牛奶。我猛然间想起，好像前几天开会的时候有说到什么捐赠的牛奶给学生早餐时候喝，由老师盛，以免学生烫手。原来如此，因为我没来，所以我班学生就一直等着。因为没有其他老师或者食堂阿姨给他们盛奶，所以只有他们的队伍才排到门外面不动！好吧，迅速接受事实，稳定情绪，迎接我的给学生打饭的第一次。

第一个问题很快到来，用什么盛奶？没勺子没碗的，旁边张老师倒是有个小杯子，可这杯子是哪里来的？我绕到窗口对面厨房里面去找，什么也没有。问了张老师才找到诀窍：先用一个学生的杯子帮其他学生打。我又绕回到我班队伍最前面，开始用一个学生的小杯子给其他同学盛奶。我盛奶的时候学生自己打饭。

嗯，这个工作还是挺简单的。盛的时候，有的学生带的大杯子，我就多盛点，有的学生带的小杯子，我就少盛点。第一次为学生打饭的激动心情扰乱我的思绪，让我欠缺了思考，本想着还有什么事情没问清楚，但是只在脑子里一晃而过，那就是给学生盛牛奶的量。盛掉三分之二盆牛奶之后，我就发现，我给前面的学生盛的牛奶太多了，几乎都是按照将近整杯倒的，导致现在剩下的牛奶似乎不足以分给剩下的学生了。傻了吧，应该定量盛奶的！没办法，接下来我只能给每个人盛少点，越往下盛感觉越对不起孩子啊，杯子放下去都快舀不起奶了。还剩三分之一学生，我跟他们说："大家谁的奶比较多主动跟少的同学分一分。"孩子们点头答应，不过我觉得他们心里可能也会想：倒霉，排到后面得到的奶都比前面的少好多。还剩最后四个学生，加上我手上这杯子的主人，一共五个，可得平分好。就在我斟酌着怎么分的时候，食堂的阿姨端来别的班盛完余下的牛奶倒进我班盆里。这下好了，肯定够了，于是最后几个孩子获得的牛奶量还是可以的，只是可怜了中后半部分的孩子，盛得少了点。不过下次我就有经验了。

盛奶的时候，我看到有的学生用的是喝水茶杯、玻璃杯，而有的学生用的似乎是刷牙的杯子，里面好像还发霉了，有点黑。想想这喝奶本身是为了学生的健康着想，但是如果天天用刷牙杯一次次放进牛奶盆里舀奶，再倒进刷牙杯的话，还是有点不卫生的吧。平时看他们喝水也会发现，好多同学都用个刷牙杯似的小杯子，也不知道他们是不是刷牙、喝水从来都用一个杯子。

来支教时间不长，倒是发现学生的饮食在不断地变化着、进步着。因为政府有补助或者好心人士捐赠，学生由最初的只是吃饭吃菜，到后来学校要求每天做的菜里要给每个学生增加一个鸡蛋，之后开始每天给学生发一点水果（而且水果种类每天更换），到这两天学生开始每天早晨喝奶粉。现在的学生真的是宝，学习再用力就更好了。

排 队 打 饭

2016 年 4 月 1 日　星期五

　　许是为了学生的安全考虑，上级部门下发了重要文件，指示学校食堂进行全方位监控，除了食堂工作人员，其他人不得打饭。由工作人员为学生打饭打菜，老师与学生一同排队打饭。教师不得私自拿着大锅大碗去盛饭盛菜端走，这叫"疑似开小灶"；不得几个人打了饭在食堂围一圈吃；不得抬头看摄像头。

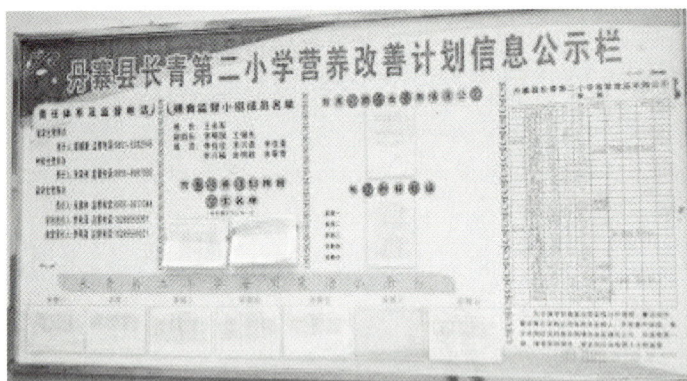

用餐公示栏

　　下午到了食堂，第一次迷迷糊糊地进入学生队伍，由食堂阿姨为我打饭。说来这种感觉还是蛮新鲜的，一下子大人变小孩啊。其实还有些不好意思的，毕竟是成年人了，自己也打了半年多的饭菜了，突然让人家给自己打，还是有些不方便的。不知道四五六年级那边打饭是谁来做，老食堂兴许就没安监控吧。一二年级阿姨打饭还可以理解，三年级的孩子都有了自己盛饭盛菜的能力还要别人来打饭，可能也是怕有的孩子挑食吧。

学生排队打饭

雷 阵 雨

2016 年 4 月 3 日   星期日

好喜欢一觉醒来睁开眼就发现天亮的感觉，这只在周末才能体会到，而且要晴天。

丹寨的天气说变就变。下午突然就感觉外面的天暗了。赶紧把外面晒的枕头收进来，关窗关门。很快，雷声响起，下起了瓢泼大雨。听声音就知道，楼道一定又淹了吧。

外面呼呼地吹着狂风，维持了两天的晴天终于坚持不住，被呼啸的冷风卷到不知名的地方去了。雨下得很大，听着外面的雷声，只好把网线拔掉，免得出事。事实证明，我是很有先见之明的。洗脚的时候，突然灯灭了，抬头一看，灯丝上闪过最后一丝亮光，然后归于平静。紧接着外面响起轰隆隆的雷声，震得房间的窗户哗啦啦地响。如果说之前还觉得雷声只是离我很近的话，那么现在我是感觉到了恐惧，真的怕雷一下子把窗户劈碎了。我就坐在离窗户半米不到的地方，转头看向被窗帘遮挡的窗户处，一道道闪电的强光穿透窗帘瞬间把室内照得通亮，好像在搜寻什么东西。听着那隆隆雷声和急促剧烈的振动声，心里除了害怕还有祈祷，千万不要出事呀。想想如果我没有拔掉网线，指不定电脑都要遭殃了。已经停电，赶紧起身拔掉了房间里所有的插头，关掉了房间灯的按钮。

看来今晚得早些上床了。原本打算出门吃饭的念头也只得打消，转而泡了些方便面果腹。吃完面后过了一会儿，感觉房间里已能看得清，于是把几件衣服洗了。后来发现，外面的天似乎很红，橘黄色的光透过厕所的窗户照进屋里，于是拿上手机开开门，到走廊里好好欣赏一下这时候的天空。雨已经小了，正是黄昏时，天空是那种阴沉里夹带着暗红的颜色。雨小了也没用了，整栋楼已经停电，估计明天也一天没电了。

今天用小太阳烤枕头，还把一块地方烤煳了。倒是没怎么闻到味，结果拿起枕头一看糊了一块，闻着枕头的焦香味，倒是很好地安慰了我没吃饱的胃。在这种焦香的陪伴下，我很快地陷入了沉沉的睡眠中。

夜晚的推门声

2016 年 4 月 12 日　星期二

丹寨的雨真的是耐不住寂寞。上周只有晚上下雨，白天阴晴。这周呢？昨天晴了一天，看得见蓝天白云。然而好景不长，今天早上开始又下大雨，丹寨的雨真的不待见太阳啊。一般这里下雨都是由北向南斜的，所以会淹了宿舍走廊但不会下进阳台。不过今天的雨有点杂乱，阳台上也都是水。早晨忘在外面走廊上的伞，已被大雨淋湿了。

到了下午，雨已经小了不少。吃晚饭时得知小杨老师需要我们四个的白底证件照，做胸牌送给我们留作纪念。于是乎，我们的照相活动选在楼梯拐角进行。虽说临时通知有点仓促，不过还是很兴奋很重视，一个人拍好几张，笑着的、不笑的都有。三个男生还拿着我的镜子来回地照，尤其是朱林聪，一遍遍地对着举起的小镜子整理头发，观察自己的表情。他一边准备，赵砥一边举着相机准备好，等朱林聪选择合适的表情摆好，一放下镜子，他就"咔嚓"。我们反复审查照片，互相帮忙，力求照到最满意的。其间看到小伙伴们上身一副很正经的样子，脚上却穿着各种拖鞋，经常忍不住带着被照相的小伙伴一起笑场。后来太阳快落山了，只能严肃起来，抓紧时间搞定。本想着让赵砥把我的照片都传给我，结果他只留了一张，其他的都删了，这比我得知不小心接了一个讲座的活还让我心疼。

晚上关灯坐在床上，突然有人大力推门，我一下子愣住了，听到有人喊："陈老师？诶？怎么门关了？"好像是吴云莉老师的声音。她停顿了一下，我以为她走了，就没出声。吴老师又开始边喊边敲门。看来我得给点信息了。"谁呀？"敲门声停止，吴老师显然已经意识到走错门了，忙道歉说："不好意思，走错了！"接着我听到她迅速跑开的声音和跑上楼梯的脚步声。之后吴老师还专门发个消息来跟我表示歉意。

一想到我的门锁不上，只能关上，而且有时候一下子关不好门还会突然弹开锁，就感觉有点恐怖。刚才吴老师好像真的很用力在推门。那门感觉一使劲就能被推开的样子。门应该不会开吧？我都用扫把顶上了。可是怎么突然觉得外面的一些声音听得更清晰了？耐不住心里的想法，只好重新开蚊帐下床去检查门是否关着，然后又放心地回到了床上。这经历果然还是很奇特的，晚上睡觉就做了一个不太舒服的梦。梦到不知道谁通过什么方式把我的大箱子偷走了，因为卧室窗户没防盗窗，而且是可以人为别开窗锁打开的。当然这在现实中是不太可能发生的。

第二天早晨醒来就感觉很疲惫，还起晚了一会儿。这两天太累了吧。

冰雹过后

2016 年 4 月 16 日　星期六

昨晚体验了一把虚拟枪林弹雨。在相邻几个地方下过冰雹之后，长青也终于迎来了冰雹。我已经记不得上次亲耳听到下冰雹的声音是几岁了，记不得当时的情景。但是昨晚，打了几个响雷之后，到来的不是哗哗哗的雷阵雨，因为听到落在窗户上的雨滴声音比以往更加猛烈。等我反应过来下的是冰雹的时候，整个屋子感觉仿佛已经被冰雹包围了，四周都是噼里啪啦的硬物砸玻璃的声音。

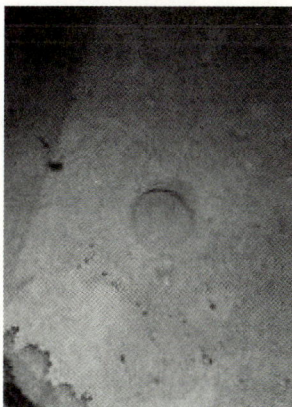

冰雹

我确实有点慌了，刚关好电脑，快速地拔了所有电源，站起身刚走了一步，那一瞬间突然觉得脚后跟掉落什么东西，我以为冰雹砸进来了，转头一看，什么都没有，再抬头看，屋顶还是好好的，只是窗户听起来仿佛快要被砸破了一般。突然啪的一声，灯灭了，屋里漆黑一片，我摸索着走到床边，找到了手电筒。在被冰雹声包围的黑暗里，只有一束幽暗的光亮陪伴我。

四个人的微信群有了消息，我在二楼，他们仨在四楼阳台说话。过了一会儿，冰雹停了，雨小了，他们好像出去查看电路了，回来就在群里报告说，门卫室旁边的一棵大树倒了，照片为证，是在接近树底的位置，咔嚓一下子，断得彻底。可惜了一棵那么茂盛的树，不过幸好没造成什么人员伤亡，而且恰好倒在两个小花坛之间，也没有砸坏什么东西。

第二天早上，我醒得很早。刚睁眼，就感觉今天的天气不错。拉开窗帘，果然是晴天。但是今天的晴天似乎又与平时不同，觉得天更高，阳光更加耀眼，空气中的光也比以往晴天时更加明亮，很神奇的冰雹啊，这就是光明前的暴风雨吗？

变天了

一天的太阳都非常好，只可惜一天都没电啊。所以今天的活动基本就是吃东西、睡觉、看书，不敢用手机。下午快 4 点的时候终于来了电。傍晚出去买了烧烤，回来发现天空很美。蓝天上各种形状的白云，就好像用一把刷子沾了颜料，一笔由重到轻刷过去一样。蓝天白云中还夹杂着橘黄色，不知道太阳是不是还藏在后面呢。不过很快太阳完全落山了，白云变乌云，天色暗了。

今晚的虫子尤其多。不知道是不是下的冰雹砸到了虫子窝，感觉大飞虫突然倾巢而出般，围绕在屋里屋外，一晚上让我踩死好多只。还在蚊帐上发现一只很小的甲壳虫，真是的，爬就爬吧，干吗把身上的黑褐色黏液留到我蚊帐上。

寝室的水从上午停到晚上，到睡觉都没来水。应该是停电导致抽水泵不工作，而蓄水池里的水用完了吧。好在洗碗池那里还有水。其实在那边刷牙洗脸的时候就觉得水有股怪味，烧开以后尤甚，简直臭不可闻，只能喝暖水瓶里存的水了。随着夜越来越深，屋里有一股越来越浓的腐臭味。起初我一直以为是厕所里返上来的味，后来才搞清楚，臭味的源头是我早上没有倒掉的水。看看这桶水的成色，那个浑浊啊，难怪烧出来都那么臭。倒进厕所，又撒了点花露水，关上厕所门。总算和这种味道告别了，闻着花露水的清香味，我安心地闭上了眼睛。

冰雹过后

049

来自学生热烈的欢迎仪式

2016 年 5 月 19 日　星期四

因故不得不回家了几天，回来时发现，学生表示欢迎和想念的方式很直接。当我默默走过操场，楼上认出我的学生突然大喊起我的名字，一遍遍，直到我意识到，抬头看，跟他们打招呼。一开始喊起来的学生引出了屋里的其他同学，他们在走廊上越聚越多，笑嘻嘻地趴上走廊围栏，边大喊着"朱老师，朱老师"，边使劲地跟我挥手。这种被欢迎的喜悦，冲走了归来第一天因一些偶然事件产生的所有的不快。

为什么我来了以后先去校长那里报到，去看望了赵砥，去办公室积极投入工作，却忽略了也许是最期盼我快点回来的孩子们？我应该第一时间去看看他们的，虽然今天是考试。

他们没有复杂的大人心理，没有抱怨。他们纵情地大叫着打招呼到全校都能听到。全校都知道他们在欢迎我，也让我风光了一回。

临 走 记 忆

2016 年 7 月 2 日　星期六

昨天的丹寨，以一场经久未遇的大暴雨，迎接妈妈的到来。

周五上午跟妈妈从凯里回到丹寨，交上了支教鉴定表，热情的杨志远书记还把我们送到了学校。

下午收到了我给学生做的纪念品——理想手册，里面有大家的合照，有全班每个学生的照片，封底还有我的单人照。每个人都在本子里写下了想说的话和想做的事，我还专门留出几页，让大家在这里写下自己以后的愿望和目标。这是我最终选定的送给孩子们的礼物，里面有孩子们的笔迹，也有我的笔迹，打印出来人手一份，只要孩子们用心保存，多年后还可以拿出来看一看，看看愿望实现了没有，想想自己进步了没有。

下午最后一节课根据最近的两次测验成绩排序给孩子们发了一箱礼物，给他们看了我拍的照片，又给他们发了一些我自费买的书，这样他们除了去图书馆借，也有自己的书可以看了。临放学跟大家一起照了几张合照。孩子们倒是没什么离别感，眼睛亮闪闪的，盯着摆出来的东西，愉快地跑上前挑选，笑嘻嘻地举着礼物拍照。

留下讲台身影

放学后，学校里只剩下老师们，我们穿上了苗衣，跟老师们照相留念。苗衣是校长请陈伟老师的妻子做的，是很有纪念意义的当地服饰，民族风浓厚，色彩艳丽，风格鲜明，老师们的心意让我们感动。和我的华丽装束不同，赵砥和朱林聪的衣服比较简朴，虽然看起来款式简单，但胜在裁剪合身，倒也显得玉树临风。

晚饭是学校里的几个女老师准备的，很丰盛的一桌菜。大家在教师宿舍楼前的空地上，围桌就座，吹着小风，露天吃饭，别有一番滋味。晚上兴富校长和王老师夫妇送我和妈妈回县里，还绕着开发区转了一圈，看了丹寨美丽的夜景。

周六带着妈妈在县里转转，有个亲人一起在陌生的城市里逛街，感觉都不一样。一年了，从未觉得在城里这么自在悠闲，我们漫无目的地走着，走哪算哪。果然对一座城的感觉还是得由人来定。

这样子一天，过得像是在这里生活了好几年似的。我也终于在快离开的时候，搞清了县里的东南西北，转熟了中央名府周围的几条街，吃遍了丹寨特色饭菜（羊汤粉、酸汤粉、长青汤粉、炒粉、甜馒头、大肉包、白地瓜、烤玉米），戴过了特色的苗族头饰，就这样结束了我们在城里的一天。

丰盛的欢送饭菜

离　开

2016 年 7 月 5 日　星期二

　　快到离开时，许多事情都一次次地在忽略中变成了最后一次，那些曾经的第一次。例如上周一的升旗，本以为这周一还会有，但是这周一就开始考试了，没有升旗。上周五放学后的教师会议，应该是代替了这周的例会。上周三的早饭盛奶，因为周五早晨才回丹寨，也成了最后一次。周一中午最后乘坐长青到县里的小面包，早上最后一次坐县里到长青的 6 路公交（其实这两天已经看不见数字 6 了，不知什么时候换成了一个牌子，上面写着丹寨—长青）。这周一中午的陪餐，中午最后一次看午自习。还有最后跟我说话的李冬海，笑着递给我差点被我忘在教室的雨伞。大概当时最后几句话告别还是有点尴尬的，所以把自己的伞忘了，就急着离开教室。其实当时没想告别，就想嘱咐学生好好复习，结果学生问我是不是要走了，我说周二走，以后就管不着他们了。他们还笑嘻嘻的，我都感觉不好意思看他们，不擅长说告别的话。

当地篝火晚会

贵州的山不高，连绵起伏，多雨养出来的一片土地，植被茂密。走的这天早上，四周还被雾气笼罩，留给我最后的神秘。第一次来的时候，是个大晴天，蓝天白云，更衬托了二小的光辉。记得当时，那塑胶跑道、篮球场、高度对称的教学楼，在我们心中闪闪发亮，与想象形成巨大反差。这一年，学校变了很多，高铁站变了很多。

我也挺慢热的，历经一年才摸清东西南北，快递，县里的街道，在最后的几天吃了县里的小吃。憋到最后才告诉李佳华，每次盛完奶能跟老师说"谢谢"，这一点做得很好，不过递给老师杯子的时候直接把杯子把手空出来朝向老师会更好，他笑着点点头。

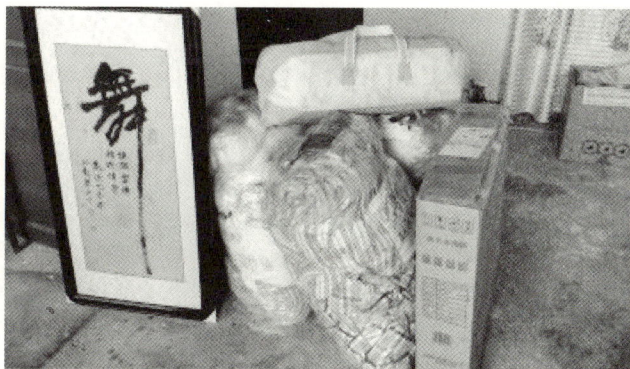

打包完毕

昨天团县委给志愿者举办了欢送会，大家聊了聊一年的感想、收获。"聚是一团火，散是满天星""一年丹寨行，一生丹寨情"，这两句话很好地表达出了丹寨志愿者的真实情感。我们今后虽然可能相聚不多，不过，相识即是缘啊。

临到离开，丹寨的天也依旧为大家展现其多变的神奇。晚上下大雨，白天晴天；上午大暴雨，下午太阳照耀大地；刚才还是不用打伞的毛毛细雨，突然变成伞也挡不住的大阵雨。丹寨有太阳时，阴凉处很凉爽，无树荫处又晒得很热。

凯里南站留影

在这里开车，要靠真技术。县里的街道，几乎全是上下坡，有的坡大，有的坡小；周边的山路，蜿蜒盘旋 N 个弯，各种急转。

最后的礼物——遮阳帽

丹寨值得注意的景点，就是排廷瀑布、龙泉山，还有广场中的代表——锦鸡广场。宇航蜡染、国春银饰店，都有我的贡献。

总的来说，这一年，贡献多多，收获多多，也算圆满。现在坐在回家的高铁上，西部风光渐渐被平原代替，草木也没那么茂盛了。不知道下次再来是什么时候。再见了——我的丹寨。

◎ 无尽的思念······

离开丹寨近两年了，陪伴我的，不再是那个中部断裂、坐着坐着就分为两半的小木凳子，和因长年风吹雨淋，湿到骨子里的坑坑洼洼的老木桌子，还有阳台外那一块不变视野范围的山和梯田。回到安稳的大学校园里，感受着明媚的阳光和同学们的欢笑，半梦半醒间，还似乎感觉到丹寨稀罕的阳光洒满我的脸颊。

木凳与木桌

其实刚回到大学校园还是有点不适应的，面对又一次身份转换，我感觉无所适从。好在自己慢慢地又找回了一些学生的感觉，上课、考试、做实验，还可以自由地选择吃饭时间。读研更多的是一个人的奋斗，毕竟大家都有自己的安排，不像本科阶段总想跟室友黏在一起，感谢去年支教让我提前适应了一个人的生活。办公室里也有一张属于自己的办公桌，放的不再是小学课本和学生作业，而是电脑、笔记和论文。感谢我遇到的新朋友，为我的新学习阶段增添了许多色彩。

自己一个人走在大学校园里的时候，偶尔也会想起那年走在长青二小里，操场上、教学楼里、学生宿舍间，那一群在楼上大喊着跟我打招呼的孩子们，现在还好吗？最近是不是又进步了呢，我有没有跟孩子们一样努力学习呢？他们会不会也偶尔想起我。真是的，明明建了属于我们的班级群，怎么加进来的人不多呢。大概大家都还没开始用手机，玩 QQ 吧。

后来，我知道了答案，他们有在想我。那个与往常一样要上课的夜晚，我接到了王岁月的电话，她说："朱老师，我们想你了。"这着实让我惊讶了一下，没想到会有孩子直接打来电话表达思念。还有 2017 年的除夕，收到了李佳佳等人发来的短信："老师，祝您新年快乐，万事如意！"离开不是结束，其实回来后的有一段时间还会偶尔接到某家长打来电话，现在我只能说，有事联系班主任和校长了。QQ 群里，虽然人不多，我们偶尔也会聊两句，聊聊怎么学习，互相关心激励。

谢谢可爱的孩子们，给了我一年独特的经历，老师也在远方惦念着你们呐！

思念永在

教 育 教 学

◎ 为做好老师而奋斗

第一次教师会议

2015 年 8 月 27 日　星期四

下午参加了长青二小的例行教师会议。

会前，校长同教研室主任在征求我们四位支教老师的个人意见后，确定了我们本学期各自所教的科目：滕越本科毕业于数学系，于是教数学课；朱林聪本科学的是文科，于是担任了语文课老师；赵砥和我也分别被安排了数学课和语文课。除此以外，我们还需要代音乐课、思想品德课、常识课等，也就是每人同时要教两至三门课不等。我当时问校长，"这样我们不用担任班主任了吧?"校长说，"想当的话可以当啊。"我表示还是只当代课老师吧，毕竟我感觉班主任责任重大，我初出茅庐经验不足，害怕无法胜任，但是当时我没想到这么问会产生什么后果。

确定了教学任务，教导处张有标主任紧接着打印出了职务公示表。接下来，我们第一次参加了学校的全体教师会议。参会的有 25 名学校教师以及我们四位新来的支教老师。会上张主任讲了开学前老师们的具体工作安排，宣读了新学期老师们的教学任务。我们四位支教老师的安排是这样的：赵砥教三（1）班数学课，我教三（2）班语文课，滕越教四（1）班数学课，朱林聪教五（1）班语文课，这同会前安排的没有什么变化。可令我出乎意料的是，还给我安排了三（2）班的班主任！一般情况或者讲大部分班级都是语文课老师当班主任，少数班级由数学课老师当班主任的，校长说到我是三（2）班班主任时，还说让数学老师多帮着我管理好班级，然而此时我还不知道三（2）班数学老师是谁。在会议剩下的时间里，我都在仔细地听着校长是否提到了这位神秘的数学老师。

校长讲话结束后，有两位老师自由发言，一位是三（1）班教语文课的罗琳老师；另一个应该是位资深的老教师。发言期间有几位老师跟他说说笑笑，氛围很是热烈。然而直到会议结束，我都不知道哪位是我们班的数学老师。赵砥所教班的班主任罗琳老师，在会议上就转头对他微笑示意。朱林聪和滕越也在会议上分别认识了自己班的班主任罗永翠老师和陈云老师。只有我，就像没人认领一般孤独地站在一边。

幸好，会议结束后我问了其他的教师，得知我们班的数学老师就是方才发言的那位老教师——李明林老师。李老师散会后就离开了会场，在与其他老师的交流中，我心中生出了隐隐的担忧。因为方言的原因，我没能听懂他全部的发言，但晚上我们购物回来，赵砥说听那个老教师的意思是讲他年纪大了，心有余力不足了。我当时心里就"咯噔"一下，原来开会时赵砥表情严肃也不笑，莫非是因为他听懂了这个老师的话，替我担忧呢？

搭档老教师

2015 年 8 月 28 日　星期五

今天上午算是正式开始上班了，8 点之前到办公室。滕越、赵砥、朱林聪去帮老师们搬黑板。我首先去找了和泽校长，请他帮我引见我班的数学老师李明林老师，并向校长大概了解了一下李老师的相关情况。原来李老师是跟着我将要带的三（2）班，从龙塘教点的小学转来的。考虑到李老师年纪大了，精力体力不支，所以校长觉得我来当班主任更合适些。

老师们一起装黑板

正巧李明林老师刚到校，校长朝那边喊："明林，明林，过来，过来。这是小朱老师，我给你介绍一下。"李老师看起来五六十岁，气质儒雅谦和，教书有些年头了。我笑着快步朝李老师走去，他也向我走来，并主动伸手与我握手。简单的交谈过后，我发现李老师也是个挺好交流的人，而且他表示会帮着我一起带好班级，我也表示我会努力的。

邻班的罗琳老师是个严格且认真负责的人，年纪轻轻已经是学校的教学楷模。下午我接到赵砥的电话，说罗老师问他，我怎么还不去收拾教室的板报等。其实刚开始我觉得罗老师还督促我提醒我挺好的，但是让我有疑惑的是，有一些老师说班里墙上以及黑板报可以先不弄，等学生报到之后学校统一购进材料再说。罗老师带领着赵砥很积极地擦了黑板，撕了所有墙纸和贴画，甚至黑板上用颜料涂的图画也用黑漆重刷了一遍。相比之下，我们现在还没动手，显得未免也太迟了些。

其实，就我个人而言，有一点我始终不明白，班级是学生的班级，为什么不让学生们自己把班级设计成喜欢的样子，大家共同为接下来一年的学习园地出谋划策呢？关于这事，后来我也问了李明林老师，他说学生们是做不好的。

李老师这么回答让我惊讶了一下，三年级的学生，做不好也可以学着做、跟着做呀。不过入乡随俗，我还是排了桌子，撕了墙纸，擦了黑板，扫地拖地。几乎是我一个人收拾了一间大教室，现在碰到蜘蛛网也是平心静气的了。

长青二小设有一、二年级各一个班。在龙塘教学点也是一、二年级各一个班，它们隶属于长青二小。即将到来的三年级（2）班的孩子们，就是从教点班级跟上来的。李明林老师也是跟班过来的，已经带了他们两年的数学，对孩子们的情况是比较熟悉的。孩子们的家住得都比较远，上学要走五六公里过来，我就跟李老师说好，以后家访和他一起去。李老师是个认真、有责任心的老师，比如我问他要学生名单，明明可以在办公室用计算机编辑打印，他靠着记忆，自己按分组写出来，之后还告诉我，哪个转走了，哪个生病休学了。他还叮嘱我，报到的时候，他会挨家挨户到学生家里告诉学生家长要带着孩子去报到，然后在学校这边迎接他们领到班里，到时就由我来登记注册，一定要问清楚学生的家庭情况、家长联系方式，还要准备好零钱用于交款找零，找的钱要给家长，钱尽量不给孩子们……事无巨细，李老师对学生的关心和爱护令我心生钦佩，有这样一位负责的老师保驾护航，我有信心一定能做好。

压力也是动力

2015 年 9 月 2 日　星期三

开学第三天就是周五，上午上完课下午就要组织孩子们各自回家休周末，我也终于可以休息两天了。虽然开学才短短的几天，可是我却被内心的压力压得兴奋不起来。

第一次当班主任，好多事情都搞不清。比如上午大课间要做操，我一开始不知道，后来上楼一看别的教室都没人了，才赶紧组织学生下楼。孩子们快速列队站齐的能力还欠缺一点，需要老师盯着才能站个差不多。

本来我以为做完操就回教室了，旁边老师说让我们先走，我就把孩子们带进楼道，结果上楼之后发现别的班孩子还在楼下，有的班跑步，有的打球，有的跳绳或者做游戏，原来做完操还要统一集体活动。我赶紧又让孩子们下去重新站队。当时真是感觉对不住他们，没搞清状况导致他们来回跑。

还有之前开学典礼上校长讲有的班孩子吃饭没碗筷，生气了，都找不

课间操

到班主任，说明班主任没处理好。说到这里我还算问心无愧，因为我都是看着我班孩子拿着碗打了饭上楼，我才吃饭，按理说不会出什么问题。可是校长后面又强调，一二年级的小孩子，还有龙塘刚上来的三（2）班同学，刚来到新学校，好多行为习惯还没养成，班主任应该上心，多关注关心他们。好吧，这都指名道姓地点到我们班了，我也只能默默听着。说实话，我感觉压力还是挺大的。说白了，我和我班的学生都是这所学校里的新人，他们也不熟，我也不熟，共同摸索的道路非常艰辛，我只能是每天听到领导怎么说，看着其他老师怎么做，哪件事上我发现了问题，再一点一点讲给学生听。听到这样被点出来，我也挺替孩子们伤心的。他们可能还不懂，可我觉得同样是三年级，他们被另眼看待，被看作特殊一族，这只有靠努力做出成绩才能被认可了。不过我安慰自己，有批评有敲打才有前进的动力嘛，被指出问题来并不可怕啊，努力改正就好了。

其实还有对于孩子们本身的压力。我担心自己一年下来，不能够让他们形成规矩，这样下一年换了别的老师也还是不好带。

奋勇向前好好干

2015 年 9 月 5 日　星期六

今天依然是备课，越接近下午，我内心越紧张，又开始在屋里来回踱步。要开学上课了，也不知自己的课会上得怎样。跟其他老师还有妈妈交流过后，我觉得自己目前大概也只能先顺着教学计划往下讲。从以前的课堂环境来看，孩子们回答问题一直很不积极，是因为当众发言而害羞吗？我觉得自己对他们还挺和蔼的，也经常鼓励他们，可为什么上课的时候点到哪个同学的名字，他也是摇摇头说不会，想不起来呢？

　　这两天也有跟罗琳老师交流过，我发现罗老师虽然看起来有点严肃，可实际上是一名非常和蔼的老师。小杨老师也给我讲了不少心得和建议，他跟现在教二年级的班主任池明红老师都是来学校不久（这是他们任教第二年），第一年的压力想必他们也有过，以后可以多向他们取取经。

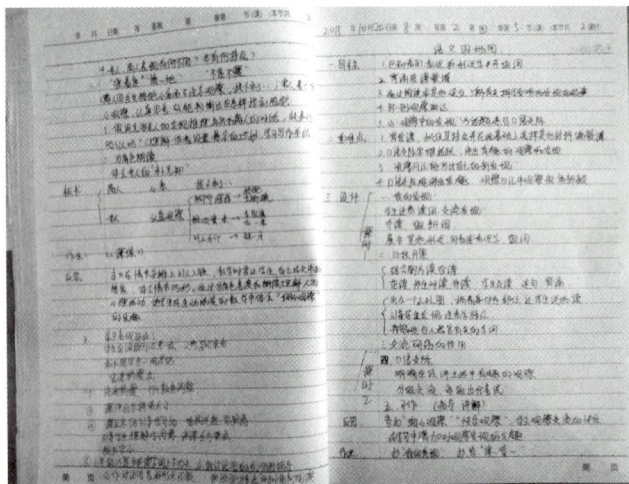

上课三件套

从学生到教师的身份转换使我平添了无数的压力，责任心和带不好学生的内疚感压着我，如果没心没肺地想想，我就来一年，何必急着改变他们什么，能教多少教多少呗，按计划过完一年就好了。可是又想想到最后，如果他们的成绩落在最后，他们什么也没学会，什么都不懂，好习惯也没养成，那我一定会自责，会觉得浪费了他们宝贵的一年时间。

重任转移

2015 年 9 月 22 日　星期二

本次周日下午返校，我班孩子都很积极，还没到中午，就在校门外等着。每到假期或周末的最后一天，我总是习惯性焦虑和紧张。想到操心的一周又要开始了，想到半期考试之前要讲完语文课本前四个单元，这么紧的时间里还要留出各单元作业讲评、做单元测验、讲测验、讲作文的时间，考前还要进行复习。按现在的教学进度，语文课的内容恐怕无法正常完成。我打算占据我的品德与社会课，还有音乐课时间，并且适当利用晚自习，赶语文课的进度。

停了两天的雨又下起来了。在今天上午的教师会议之后，三（2）班班主任的这项职责从我身上转移到了李明林老师身上。正如校长所考虑的，李老师跟了这个班两年了，对学生各种情况比较熟悉，又经验丰富，管理班级怎么也该比我好。其实昨天中午校长就跟我讲过这事，当时我连忙跟校长表示，谢谢他的体谅，既有如释重负的轻松感，也有自己能力不够的内疚和遗憾。今天上午听到了正式的转移职责通告，下午一上班，我就把班费、交米情况、校服尺寸、班级用水、学生身份证复印件，以及教材费、校服费收据单等转交给了李老师。不再做班主任，我的心理压力应该会变得轻一点了吧，这样至少我跟其他三人也没有太大的任职差别了。

晚上接到了王缘父亲的电话，他似乎很担心孩子，说别人抄王缘作业，说王缘太老实会被欺负等等。其实在我看来，王缘平时并不像老实到会被欺负的孩子，上课也会开小差，下课也笑得很自在。家长总希望老师能多关注自己的孩子，这种心情我是可以理解的。可是作为我这样的新手加一年期老师，我感觉自己也只能是对所有人都付出心思了，要教都教，要盯都盯。当然对于个别孩子我也会多加留意，多加观察。孩子们的听课和作业确实是大问题，上课易走神，下课听不进去布置的作业。说了很多遍把作业记下来，但很多人就不记，然后写错内容；每天不能够按时交作业，即使交上来的作业也是完成的七七八八。这些问题还要再督促一下。

准备公开课

2015 年 9 月 23 日　星期三

因为明天有老师听我的课，所以备课备了一晚上。虽然已经和班级里的孩子们上过很多次课了，可我还是紧张，怕上得太差，怕学生配合不好，怕课堂进行不顺利。要在平时，我就是看着参考书写好教案，知道要传授哪些知识点，哪些内容要讲，然后把需要学生记下的东西整理出来，以在班班通上放映。但是今晚，我仔细准备了 PPT，把三本参考书又过了一遍，对着课本和备课本调整 PPT 内容，还在屋里模拟讲课过程。

被听课是件累人的事。我似乎很难做到每晚这么做 PPT，那么精心准备。想想我这老师做的，也是不称职了，平时准备的资料多是知识点，确实缺乏趣味。但其实我也不知道，用 PPT 讲到底会不会增加学生的学习兴趣，他们能够理解得更好、掌握得更好吗？也许借着被听课的机会，督促自己尝试一下新方法也是个不错的选择。这大晚上的，还真有点凉，我偶

被听课

尔也会想破罐子破摔，讲成什么样就是什么样吧，等老师们批评指正就算了。但是内心里又不允许自己这样做，所以一准备就是一晚上。

夜书所见，作者异地思乡思亲，这说的不正是我吗。也是凉秋，也是夜晚，也是一个人，可我看不到天真烂漫的捉蛐蛐场景。我想，即使看到了，也丝毫不会减弱我的思乡之情吧。心同晚上打来电话，说自己一个人养病的时候是不是特别想家，我说"是啊"。这里看医生也不方便，才来一个月不到，竟然满身疱疹。晚上睡觉还是痒，这些疱到底能不能好啊！还有来到这里感觉自己要得风湿了，每每躺下感觉腰酸背痛，再也不像以前躺下就可以安然入睡。

评课

听课学习与开讲堂

2015 年 9 月 24 日　星期四

今天算是完成了两件大事，一个是被听课，一个是开春晖讲堂。

今天轮到各位老师来听我的语文课，内容是一首古诗。虽然昨晚进行了多遍模拟，不过今天上课还是比预想的速度快好多，最后有一定时间的空堂，明显能听出来不知道该干吗了。因为留给学生思考和记录的时间太少了，也没有让学生通过多读诗文来体会诗的意思。我比较怕学生不回答问题，或者一直小声回答而耽误课堂时间，耽误教学进度，也就没怎么提问。课后，大家一同进行评估讨论，肯定了我做的 ppt、设置的教学思路、情感表达，同时也提出了一些建议，值得我思考和学习。

轮流听课

晚自习的时候，结合老师们白天提的听课意见，我带着学生们重新体会诗的节奏，带着他们一句句地读。学生们学得还是很带劲的，有的同学甚至学习古人，摇头晃脑的。被听课虽然有压力，但收获还是很大的，老师们指点了许多。比如学习古诗就要让学生多读，自己体会，读到甚至能背诵的程度。再如，学生回答问题声音小，就要鼓励他大声说，但是不要走到他身边去听。这点我以前是没注意，我有鼓励，我以为走到学生身边去鼓励会比较亲切，但是这样却忽略了其他同学。因为课堂是大家的，走到一个人身边去，别人就会开始开小差。教学工作也是路漫漫其修远兮，我需要多看、多听、多学。

春晖讲堂在晚自习第一节进行，这是我们支教团开展的以"走出大山"为主题的系列公益讲座。我选定的第一讲的主题是"我的梦，中国梦"。我问孩子们有没有理想，大家回答很积极，有的同学说长大后要当兵保卫祖国，有的说要上大学，有的说要当一名飞行员。最后，我引领同学们归结到了"只有好好学习天天向上，将来才能实现自己的梦想，实现中国梦"的主题上。借着PPT，同学们听得兴致勃勃。"百年潮·中国梦"的视频不错，可以对学生进行正面熏陶。孩子们可能还不能领会其中的深刻含义，可能也不明白里面提到的种种划时代的成功意味着什么，但假以时日，他们总会明白，自己生在一个多么伟大、让我们感到多么光荣和自豪的国家。

春晖讲堂

学生可爱不记仇

2015 年 11 月 30 日　星期一

　　11 月终于结束了，今天第八单元也结课了。这周处理完习题，顺便复习第八单元。另外，为即将进行的赠送手套的活动准备了两周的发言稿，终于在今天早晨升旗仪式之后用上了。头一次在全校师生面前发言，感觉还是有一点紧张，也不知道台下听众们感觉如何。我只顾着埋头念稿子，偶尔扫一眼下面的老师和同学，看到台下有老师走来走去地拍照，孩子们也都仰起头来看着我，有种别样的自豪和荣誉感。

　　上午课间操的时候，有个一年级的男生走过我旁边，突然回过头来笑着对我说："老师，谢谢你们送给我们手套！"我也笑着跟他说："不客气。"这小孩子好可爱，我带一年级的下午第四节活动课，所以对他有印象，这是一个挺活泼的孩子。

　　学校里都是一群可爱的孩子呢，被"训"了也不会记仇。比如之前我在班里训过王万冲，说他作为班长应该带好头，好好学习积极交作业。之后看他不太高兴，担心他记仇，影响他学习，本想找他谈心的，结果后来再上课发现他还是会积极读书回答问题，我就放心了。王万冲是班里年龄比较大的孩子，担任班长，干活也比较积极，就是有些自傲，对学习成绩也不是非常上心。对他的思想进行纠正是必需的，虽然工作能力很重要，但学习才是硬道理。今天又说了李兴常，他上课很积极，思维活跃，这点非常好，可就是总抢话。实际上今天我是借他来发火了，学生们总是乱回答，压过我的声音，有时候面对这种情况我会觉得好无力，声音实在大不上去了，一遍遍说请大家安静一下听我讲，可就是乱哄哄静不下来。今天我说"要不李兴常你上来讲"，他也知道被说了，后来安静了一些，面色有点不高兴，但还是会回答问题。不过中午吃饭时，他又笑着跟我说话了。

　　今天问朱林聪打算怎么给学生们复习，他说读读课文，复习一下字词，就差不多要考试了。听起来好快啊，四周的时间，八个单元，其实时间还是有些紧张的，关键还得留时间给他们为迎接考试做练习题。

　　开开心心地迎接 12 月吧。

例 会 有 感

2016 年 3 月 7 日　星期一

　　每周一的例会如期进行。这点长青二小坚持得特别好，会上一般由校长带领着学习上级下发的重要文件，之后各部门负责人汇报工作，最后安排学校各项工作事宜。

　　今天校长讲到，老师们要做到：低调做人高调做事，做与上课有关的，不做与上课无关的，想与上课有关的，不想与上课无关的。

　　这点是提得相当好的。我们教学生，要踏踏实实学习，不做与学习无关的事，那么我们做老师的，首先就要以身作则。老师的本职工作就是教学，那么最应该做好的，就是教学。其实，人都免不了有欲望，有不满足，比如生活偶遇不顺心，比如工作不顺利，比如教学之外的杂事太多，比如心中总在计较得失。但我们不能因为这些事存在就刻意放大它们，把它们当成生活的重心，时常也要静下心来，自我反思，我是一个合格的人民教师吗？我有没有明着对学生教导是一套，暗着自己做的又是另外一套？有没有因此而对不起自己的教师称谓？

　　当然，我们作为仅来支教一年的老师，可能本身生活压力就没有当地老师的大，他们负责的学校事务比我们多得多，压力与责任也比我们大很多，我不能用自身相对轻松的生活产生的心态去衡量他人。但我想，不论如何，校长提到的这两点，依然可以作为自我评价与反思的指标。尽管不容易，但若真做到如此，教学气氛定会更浓厚，学校氛围定会更融洽。

向榜样学习

2016 年 3 月 14 日　星期一

　　下午开会，会上表扬了罗琳老师，说罗老师总是利用中午的个人休息时间督促后进生的学习，希望其他老师也能向她学习，共同把学生成绩搞上去。嗯，确实也值得敬佩。我脑中一个小人说："要不我也效仿吧，中午不睡觉，抓学习，盯作业，反正就一学期。"另一个小人说："已经习惯了午休，不睡下午精神不好呀。"我的午休，虽然不到一小时，睡不深，可感觉比晚上容易入睡。

罗老师确实抓得紧，紧到学生写数学作业的时间都没有了。上午数学课赵砥发火了，五个同学没交作业，拿棍子吓唬他们，一不小心把棍子拍地上打断了。三（1）班的孩子们说不写数学作业的理由都很充分，因为在写语文作业，理直气壮呢。好吧，其实可能听说的比眼见的会更有想象空间，我也是听说的。每次别人说有两个、三个学生没交作业，我都想说，知足吧，我班有一半呢。暴力吓唬，我做不来，其实对学生也不好。但是只是罚站，或者去走廊写，学生并不感到羞耻，还边写边聊天。校长还说，不要总觉得学生笨，要多反思自己的教学方法，也许这个方法不适合学生呢。我扪心自问，为什么同样的方法和模式，就有同学天天学习积极，也总有一部分不爱学习光想玩呢？

但转念一想，不论在哪，不论什么层次，哪个年级，老师都是恨铁不成钢的，学生也分得出"三六九等"的，大学不也这样吗？大学里，我做学生的时候，有时不也是上课听不懂，下课记不住吗？可是小学毕竟简单啊，需要记的老师都会讲，大学里好多需要自己琢磨呢。当然，不可否认，不同年龄的孩子理解能力也不同。不管怎样，老师花更多的时间和精力对学生加强指导督促是应该的。

◎ 与学生一同进步

开学第一讲

2015 年 9 月 1 日　星期二

下午刚上课，我便从办公室拿了一张白纸，去给班里画座次表。我简单地划出写字范围，看着孩子们一个一个地写自己的名字。然而我发现一个很严重的问题，三年级的孩子，有的竟然还写错自己的名字！难道以前

070

的老师没有给他们纠正过吗？所以，晚自习的时候，我给孩子们上了我作为他们语文老师的第一课，纠正他们写名字时出现的问题。例如，哪些字写错了，哪些字不规范。我告诉学生们，对待写字要态度认真，对待自己的名字更是要重视，一个人不能连自己的名字都写错。中国人讲究堂堂正正，写字也要工整大方。见字如见人，要让别人看到自己的名字，就觉得自己是个有知识的人。

通过写名字，就可以知道孩子们的语文基本功是比较差的，这在今后的教学中应该成为提高的重点。

万事开头难

2015 年 9 月 4 日　星期五

2 号上午，我给学生上语文课本的第一课，进行得并不顺利。那时我还没有看教案和导学案，单是记得要带学生读课文、正字音。找同学起来读课文，不论男生女生，读的声音都很小、不流利，断句有问题，而且读书姿势不对，喜欢站着，把书放桌上，身子趴着，手指着书本一个一个字读。更让我产生压力的是，每次我问问题，哪怕我刚刚讲过，他们也只是坐着摇头，或者回答说"不知道""想不起来"。后来的一节品德与社会课，基本都是我一个人在讲，这真是印证了校长讲过的反例，课堂不是学生的，是老师一个人的，那么老师上课会非常累。然后这两天就嗓子疼了，不知道是突然比以前话讲多了，还是晚上吸入了杀虫剂。

昨天放假第一天，上午去四楼吃了小伙伴煮的面条，然后一起看抗日战争胜利暨世界反法西斯战争胜利 70 周年阅兵式。看着那些英姿飒爽的中国军人，我就在想，不能放弃这群孩子，这才几天，不能灰心丧气，还是要好好培养他们，纠正他们，将来他们也可以成为栋梁之材。吃过午饭回到寝室，我就开始一篇篇地看我查的资料，看语文课本，看品德与社会课本，看教师指导书、教案，制订教学计划，看着导学案备课。慢慢地回忆起小时候，老师会告诉我们把什么记下来，记在哪。我打算到时候也这样说给孩子们，就直接告诉他们，什么要记，什么要背，如果他们不能够理解课文，那只能先记下答案了，然后再看他们的作业情况。

　　万事开头难，备课是这样，教课也是这样，现在我仍没有多大的信心，只能走一步看一步。

和伙伴一起看抗战胜利阅兵式

上完第一课

2015 年 9 月 6 日　　星期日

　　今天过得还可以吧，晚上忽然下起了大雨。早晨两节语文课连着，上完了第一单元第一课，为了适当加快进度，我减少了叫同学起来回答问题的次数，基本上都是边分析课文，边让大家一起回答我。今天初次尝试让大家读课文，发现齐读大家还是会的，就是地方口音重了一点，与有感情的朗读不同，他们读起来，也是"抑扬顿挫"，有的地方会一起读到重音，不过大都在句尾，就像他们平时说话的腔调。今天在句子感情分析和句子的标点分析方面还是欠缺了一点。

　　在认字方面，基础较好的同学会标大部分拼音，但也存在看着拼音却不会拼的现象。基础较差的同学，即使知道字怎么读，即使我把拼音说出来告诉他，他也还是要翻课本看怎么写，说明他们拼音掌握得并不好，不会读或者不会写，这估计是他们考试失分的一大原因。

　　在理解课文方面，对于我提出的问题，主动回答的同学较少，不过有的同学还比较认真，会照着我说的，把一些笔记记在书上。但也有一些同学，我再怎么说，他也还是懒得记。不过我的课堂笔记可能有点多了，记笔记的同学不提前规划好，可能记不开。课下问了几个同学，问觉得我讲的内容多吗？能理解吗？写作业有困难吗？回答说"不难"，这还是对我的一点鼓励。

从作业来看，孩子们抄写字词句给我的感觉就像是在临摹一幅画。什么意思呢？比如抄词组，他们不会去想词语的意思，只是在临摹，结果导致丢三落四，只抄一半或抄一部分。又比如抄句子，课本上有的东西都不看清，按自己的思维改词换字。还比如抄写生字，写的字形感觉像课本上的就行了，也不仔细看看课本上的字究竟有哪些笔画；写字不注意大小，许多都写到田字格外面。总体来说，就是写字的时候想偷懒，不去研究，不去记忆，讲过之后接着错。不过现在想想我们小时候，可能也有这样那样的问题。我在学字的时候，一开始也是看字如看画，课本上有的笔画密集的字，看着也累。

今天也有让我感到欣慰的地方。作业我是一个个地标出错误的地方。之后本来打算一本本地翻着在课上讲给大家哪里需要注意，但是正好遇上下午下了课到吃晚饭那段时间，我说有兴趣的同学可以先找出自己的本子，我来一个个讲，就有好多同学拿着作业围到了讲桌前。我给同学讲哪里错了，笔画写多了还是少了还是不规范了。这时不光是拿着本子的同学，连周围的同学也听得很认真，看我在本子上如何写字。我突然发现，我很喜欢那种场景，那是我在讲课时都没看到的认真。我很喜欢自己那时讲话的声音，至少我自己听起来并不严厉，还比较温柔，轻声细语，而且还注意表扬他们做得好的地方。

一个个地纠正字词句，讲解作业格式，针对不同同学的问题耐心地逐个解决，虽然累点儿，但是让我看到了希望，因为他们听过之后都点点头，说明白了，会改。我希望他们能用实际行动维护我对他们的希望。

愉快与苦恼并存

2015 年 9 月 9 日　星期三

慢慢地，我也逐渐适应了这边的生活，生活逐渐规律化，这两天不那么焦躁了。多亏上周去下司古镇回来得晚，让我找到了减少屋内飞虫的方法——晚上回到寝室再开灯。之前我都是傍晚开灯再出门，这样晚上回来不会太黑。但是去下司那天我没关好窗，回来开灯发现并没有多少飞虫，自那以后我就不再提前开灯了。

上课也逐渐找到了固定模式。虽然学生们跟我配合得不太好，他们还是不容易回答出问题，读课文仍然困难，不认字还声音小，但是语文课也就这么一节一节地上下来了。有了上课经验，这周末需要重新调整教学进度计划，因为之前没有考虑安排习题课、单元测验和复习。

其实改作业是个非常头疼的过程。我发现拼音是他们的一大难题，总拼不对，字也写得各式各样。抄句子或者段落的时候，有的孩子就在糊弄我，落下个别字也就算了，但隔几个字落点、省点，隔几个字错点，再掐头去尾。我都不知道该怎么教育，感觉作业好像是为我做的！

生字组词也是颠三倒四。链铁（铁链）、颤发（发颤）、白苍苍（白发苍苍），不知是他们融入了方言还是怎么。而且他们特别喜欢改词换句，"登天（都）峰""像（小）猴子"等等，强调自己检查、自己改错，但就是不肯做，改作业时标出的错误也不改。我体会到了什么是逼着孩子学，什么是费劲，什么是头疼。

孩子们之间的差距也是真的存在，有的同学做作业认真，而且内容完整。可有的同学就是问明白吗？明白；问会去改吗？会改；再问真明白吗？摇头，然后对着旁边的同学笑。作业本上依然没有改过的痕迹，有时候真的很无奈！

第一篇作文，第一次测验

2015 年 9 月 14 日　星期一

小孩子写作文总是特别的困难，改起来也特别困难。孩子们的第一篇作文，普遍存在的情况是写流水账，不会完整地记述一件事，错字多，语句不通顺。有的会记住个别范文里的词，用在自己的作文中，可是却不能多记住一点范文的语句和写法，模仿着写出来。之前指导课上，我说大家写的时候，好好回忆一下做一件事的时候，说了什么，想了什么，做了什么。现在看来，孩子们不能够理解这句话，不会去仔细回想自己想过什么，大概也从没想过要把自己的想法记下来吧。

第一单元的作文，记录一件事，一件课外生活中的事，比如做游戏、打扫卫生等等。大家都没有写够 300 字，这个先不急。有的能写出一件事，但是不知有详有略。有的人不知如何按顺序写一件事，也许在他心里，一天中发生的事情列出来就好，根本不会去细细思考这些事。回想我儿时，也讨厌写日记、作文。我已经记不起自己是什么时候开始理解作文这东西，应该一开始我也是老写流水账吧，就是流水账也写不好。看来指导学生写好作文真不是一日之功啊。

今天改了同学们做的第一单元的测试卷，36 人只有 5 人及格。这还不算作文，是按统一标准计算的。大家普遍存在做得慢、不会做的情况，平时又不肯改错，上课不记笔记。我又不可能天天盯着他们改错，等着他们记笔记，那课是进行不下去了。看到大家做成这样，改是好改了，好多直接打 0 分，可是心里真是着急呀。这么下去，拉低学校及格率是小事，对不起学生才是大事。

以 课 抒 情

2015 年 11 月 4 日　星期三

平淡的日子在不知不觉中又过了一天，这大概不是我喜欢的日子吧。妈妈说，日子不就是这样平平淡淡的吗？可是一个人的日子就会无聊很多。对，我讨厌的不是日子的平淡，而是一个人感受这平淡，若是有家人陪伴身边，天天有课去上，没课早点回家，不是很快乐吗？

下午第一节品社课，题目是《爷爷奶奶好》。我告诉大家，随着自己长大，可能会离家越来越远，越少见到家人，要趁着现在多陪陪亲人，多聊天，珍惜在一起的日子。讲着讲着，突然变得好安静，我感觉大家都认真看着我，我讲得有那么动情吗？不知道他们能理解多少，可我觉得自己的声音都差点哽咽了。妈妈的膝盖不好，爸爸白头发多了，听我们说话一遍听不清，习惯性地问一句："啊，说的什么？"树欲静而风不止，子欲养而亲不待，我能陪伴在他们身边的日子还能有多少呢？

备课

　　音乐课上，《留守儿童之歌》又带着大家唱出了自己对父母的体谅和保证："爸爸，妈妈，我说话算话。爸爸，妈妈，我的成绩，不会落下。"这虽然是上级临时下发文件要求学生会唱的《留守儿童之歌》，不在课本上，但是同学们学得很认真，大概也是觉得歌词写得很贴近自己和家人的生活吧，父母亲为了生活背井离乡，自己能做的就是好好学习，用优异成绩报答他们。

给远方亲人写家书

上完两节课回到寝室，打开电脑，搜狗输入法新闻又蹦出来，今天田字格里的两个字，是"家书"，说一个大学女生收到半文盲奶奶的一封27字家书，没有标点，说的是常嘱咐的那些话，"穿暖，吃好，开心点，常回家"，把女生感动到哭。她能想象到60多年没拿过笔的奶奶费劲读信，佝偻着身子慢慢请教邻居，一个字一个字临摹、一个字一个字誊写的情景。邻居的羡慕，奶奶的自豪，一切仿佛近在眼前。是啊，能不感动吗？那是亲人最真切的关怀和最想传达的温暖啊！

可爱的一年级小男生

2015 年 12 月 2 日　星期三

下午第四节课，走进一年级教室，"你们是想写作业还是看片子啊？""老师你放电视吧！"打开电脑，准备就绪，刚坐下准备开始改试卷，突然面前飘来一张画，抬头一看，只见一个男生跑回自己的座位，然后对我说："老师，那是我送给你的。""送给我的？"看着那幅画，是从小本子上撕下来一张纸，画了正反两面。图画内容很简单，一排小鸡，简笔画的，几行排列规整的小鱼，游在波浪线表示的小河里，一个笑脸太阳，还有我猜是用尺子上带的图形模子描出来的一些图形，都是用铅笔画的，没上色。

这是我收到的第一份学生送给我的礼物，当时心里有些高兴、激动，还有感动。我想，这应该是他今天完成的吧，我并不是他们的任课老师，平时跟他们接触也并不多，就学校上周开始安排兴趣班我才开始带他们，才开始正式接触，我甚至都没正式做过自我介绍，也不知道他们叫什么，可他竟然会记得我，还愿意花心思花时间完成一份礼物送给我。这个小男孩我有印象，来带他们第一天就发现是双胞胎。他很活泼，会笑着对我说话，并保持微笑，就是面带笑容隐隐约约地笑，能明显感觉到他对人说话时的善意态度。发手套那天，就是他在操场碰见我时突然转头说"谢谢"。昨晚看我班学生吃晚饭，他碰见我时又突然跟我说："老师，以后我们班没课的时候我就去叫你来我们班啊。"当时我问他："那你们班没课的时候可能我们班在上课啊。"我可能是面对这么直白的邀约一时不知道说什么，当时那么说完，他也没继续说，就下楼盛饭去了。我内心有点愧疚，怕伤了他友好的心，怕他觉得我不喜欢他们。有这件事做铺垫，所以今天收到他的礼物时，我还挺诧异，心里暖暖的。

　　不论是简笔画的鱼、小鸡，还是波浪线、太阳，都是认认真真，一笔一笔画的，比我班同学写字还认真呢，一行小鸡画得很整齐，波浪线一条条的，也很整齐，太阳笑着发着光。把纸翻过来，我想，那些用尺子描出来的图案，一定是他觉得好看，所以才描出来的吧，我小时候就喜欢把尺子上的好看图案描下来。他画的时候是种什么心情呢？会不会想象着我下午拿到这张图画会对他说什么？这张纸的图画，应该都是他觉得好看，觉得喜欢的，然后通通画下来送给我，满满一张纸都是宝贝呢。我感受到自己被喜欢了，好有幸福感。

　　我让他把自己的名字写在纸上，再写上日期，薛建波，依然是一笔一画。当他再次给我的时候，我笑着对他说："谢谢你啦！"回到宿舍再仔细地看这幅画，嘴角止不住地挂上了开心的笑容。

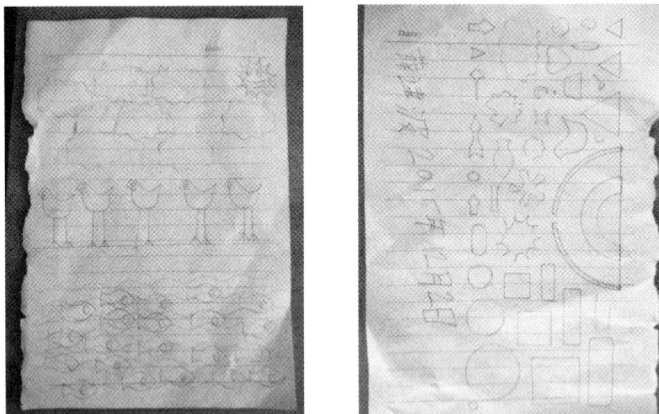

学生送的小礼物

清早的惊喜

2015 年 12 月 16 日　星期三

　　今早晨读，一进教室，学生们就给了我一个惊喜——大声地朗读课文，这是不曾有过的情景。以前晨读，我总是跟他们说，要养成一上晨读自己拿出书来读的习惯，但实际上没有多少人去执行，始终没有那个氛围。最近复习阶段，作业交得也不好，总有一些同学不能按时完成作业，上课复习效率也不高。上次做完思想工作，作业交得多一些快一些了，但没维持多久，偏偏复习阶段又松懈。我也不能老给他们留自习时间写作业啊。不知道是不是李明林老师对孩子们进行了教育，今天早晨他们竟然精神抖擞地自觉读课文了，连带着我也突然很有激情。果然老师的动力是来自学生啊！

监 考 乐 趣

2016 年 1 月 7 日　星期四

一个学期即将结束，期末考试来临。说实话，监考小学生是我期待已久的，可能是预感到了自己可以展示一下反作弊能力。

下午监考数学，收了四张小纸条。学生就是这样，总以为老师看不到，当众收了第一张，竟还敢出现二、三、四张。想起当年老师教导我们，传纸条是很蠢的，证据拿在手上，赖都赖不掉。所以啊，现在的小孩子，作案手段不高明，工具选择不合适，作案速度还不如我眼睛转得快，怎么成功？正闲着无聊呢，这不是给我找事干吗？小小孩子，四、五年

考试中

级，胆子挺大。转头看我？行，我也看着你。手放桌下放口袋里？行，我站你旁边。呵呵，监考一场下来，总可以锁定那么几个不老实的。抓得那个准，我都佩服我自己。其实考前我也想过如果看到有人有小动作，适当地放过他们。但是监考实在也无聊，更何况让学生以为老师监考不负责就不好了。

步入新学期

2016 年 3 月 2 日　星期三

今天一切如常，已经讲完下册第一课了。课本上的课文编排很恰当，现在春天了，恰好近期的几篇课文都是有关春景的。开学几天事情多，各种计划做出来，还要备课。晚上寝室开始出现蚊子了，很大的蚊子，还差点被我关到蚊帐里，好险。天气变暖了，蚊虫又要出现了。天气暖？有太阳？呵呵，风照刮。外面的风呼呼叫呢，听起来倒像是深冬。

今天下午改这学期的第一次作业，突然觉得大家写字比上学期工整了很多，看来这个假期孩子们提高了自学的意识，开始自己练字了，这是一件好事。

上午发生了一件事，就是五（2）班一个男生不交假期作业，于是班主任叫他家长来学校了，来的好像是他的爷爷。我下了课回到办公室就看到老师和家长坐着、学生站着这一幕。一开始还以为是来报到的呢，后来听老师们说这事，才知道学生假期不写作业，家里老人惯着，也不管不督促，现在把责任赖到老师身上。旁边的老师看不下去，就跟他家长说，打个比方，现在你不管，老师管了你还不满意，叫孩子交个作业，你做家长的不帮忙还有意见，将来到社会上做坏事，看谁去管他，到时候就不是那么简单的了。这孩子也是被惯出脾气了，不知道怎么回事，说这书不读了，当场就哭着气呼呼地大步走出办公室，自个儿跑去门卫那里说要出去，被拦住了。唉，遇上这样的，老师也是头疼啊。

想起了我班的李佳华同学，长得挺可爱，也聪明，虽然有时候感觉有点文静不太说话，有时候又觉得不跟着老师的教学步骤走，不过上学期语文成绩班里第一。他上学期刚转来的时候，有点不适应，说同学欺负他，不想来学校，不想读书，家长还给我打过电话，有几天作业也不写。后来应该是适应了新的学习环境，一切又回归了正常。记得上学期有一次我在操场散步，他就走过来跟我说话，我们在操场上走了几圈，聊了好大一会儿，我也给了他好多激励。通过谈心，我觉得他还是健谈的，品行也很好。再后来，我发现他的语文学习能力还算班里较强的。还有这学期新转来的两个学生，感觉也不差。希望有他们几个带动，原本班里的孩子们对待语文学习能够更加积极。

学要有技巧

2016 年 3 月 12 日　星期六

这两天真的特别冷，热水袋都用上了。刚回来感觉热，羽绒服收起来了。这两天一降温，又不想把收起来的衣服再拿出来。真的是在一个地方过完一个冬天，再去另一个地方过冬啊。

昨天评讲作文的时候，我告诉孩子们，不要把目光着眼于猜测一篇作文是抄的还是自己写的。如果是自己写的，那很好；如果是抄的，那要去欣赏这篇文章的写作手法。虽然抄作文书是不提倡的，可我也不希望有些同学产生一种凡是抄就应当受到严厉批判的想法。对确实不会写作文的学生，抄一篇优秀的作文也是收获呀。

其实说不让抄吧，孩子们也很苦恼，他们脑子里记得的好词佳句很少，平时怎么督促，就是记得慢，作文怎么催，就是不肯交。说实话，我小时候也抄过作文书、日记书，谁还没有个参考学习的过程呀。但是我知道结合自己生活的情况，抄的时候要有改动啊。这群学生，改都不带改的抄，抄了还怕累着自己，不全抄，抄一半！

其实一个班里的学生，总有差距。写不完作业并非真的写得慢，而是不想写，加上写的时候总有乱七八糟的小动作，不能集中精力。那些每次很积极写作业交作业的同学，已经养成了写完作业再玩的习惯，也习惯于每天按时完成作业，写作业就好好写，玩就好好玩。

上学期的班长这学期被换掉了。这位同学会玩、劳动也积极，就是不太爱学习，于是跟王万富同学一块被调到了角落里，表情眼神也变得顺从了许多。王万富也是个不愿学习的代表，本来课间做游戏的时候，看着挺活跃的，还带着同学们背诗，但是真到课堂上，不好好学，不积极交作业。两个孩子其实都挺聪明的，希望他们两个坐在一起可以互相督促着，比着学。

学生也喜欢多方面发展

2016 年 3 月 19 日　星期六

学生们上语文课的时候盼着上音乐课，上音乐课的时候又不喜欢遵守纪律，还不好好学歌。昨天下午音乐课前，我只带了音乐书到教室。王金叶睁着闪亮亮的大眼睛问我："老师，这节课上不上音乐啊？""上音乐。"其实我是真不想上音乐课的，没有电子琴等教学设备，只能给他们听着下载的歌曲一句一句听，一句句教了唱，本来就很费嗓子了，还要维持班级纪律。而且，学生们对拍子不太敏感，有些地方节奏一快，怎么都跟不上。上音乐课累啊！"老师，是不是不上语文了啊？"我心想，怎么又问呢？我不都说上音乐课了吗。我回答："嗯。"转身看到还有几个女生正想跑下位子来问我，听到答案又开心地坐回去了。学生们还是很期盼上主课之外的课啊。

午　自　习

2016 年 3 月 23 日　星期三

这周开始，每周一周二中午不再午休，我要看孩子们学习。李明林老师负责周四周五，英语杨光珍老师负责周三。我本以为自己中午不睡觉下午会精神不好，不过实践证明，中午不休息虽然累点，却也不太疲倦。

李老师说，先这样安排看几周，等孩子们养成习惯就好了。不过我看很难，这群孩子没老师看着很难有学习的自觉性。首先，他们很难保持一种安静的自习环境，总需要我强调纪律，总有同学写作业不专心，要么东张西望，要么跟同学耳语。其次，做完语文作业"多动症"就开始犯了，说自己看看书，复习或者预习，或者做其他科作业也行，但是能接着安静学习的几乎没有，包括一些学习较积极的同学，也免不了忽视复习和预习，开始交头接耳。感觉就是必须要有大量的作业压在他们身上才肯安静一会儿。后来我让他们不想看书的，闭上眼趴下休息一会儿，他们也不休息。下课不休息，等着上课犯困。不过，专门看着他们写作业，写完了直接交，也有点效果，这几次交作业的情况比之前有所好转。

英语课欢乐多

2016 年 3 月 31 日　星期四

听学生上英语课是一种很欢乐的体验。上午第三节课，我到班上听了一节英语课。学生们都很活跃，对外语的学习还是很有兴趣的。我坐在最后一排，王万海的旁边。平时看这孩子比较安静，语文学习也不太跟得上，没想到今天英语课举手回答问题特别积极。老师叫他上黑板，在一个钟表里面画出一个整点，让大家联系时间问答。他很高兴地走上台去了，画了好一会儿，然后微笑着摇摇摆摆地走下台回到座位上，看来很自信嘛！然而我们来看看他画的点数，11：55，这孩子好像分不清时针和分针啊！在讲台上磨蹭半天，时针分针的长度来来回回改了好几遍，下面的同学都在笑了，有的还在提示他。他最终留下了一个非整点时间，是要考验大家的英语水平吗？关键人家下来的时候神情显得很自信——我就是这么拽！老师只好给他做了纠正。不过有一点他倒是让我有种说不出的感觉，看他做笔记的时候，本来以为他不会去写，或者不会写字只在书上乱写，我却看到他写出了一个"好"字。虽然不知道他前面写得对不对，但是刚才老师确实说到"好"字了。原来，孩子们来到学校也并非一点东西没学会啊，虽然兴趣各异，但都在努力进步。

还有比较有趣的就是听他们读单词了。孩子们总喜欢把单词末尾的轻音读得很重，有的甚至像是故意的。比如 t、d 会读得很重，再比如 time，老师让学生读完把嘴闭上，学生就闭嘴发出很重的"en"的音来。好吧，我们小时候齐读似乎也有类似的问题，不过听着真的挺有意思的。

学生的变化

2016 年 4 月 8 日　　星期五

　　这一周的天气倒是很有特色，都是晚上下雨，白天晴天。

　　清明回来之后，这一周剩下的四天都用来复习前四个单元的知识了。课上带着学生复习生字词，之后讲卷子，前四个单元的卷子都集中到这一周来讲了。在高密度的字词复习和题目复习的背景下，我本来是为了自己省点力气，所以想着让学生提前自己改错，上课上黑板写题目答案，我再讲。然而结果出乎意料，同学们的学习积极性和课堂参与度突然变高了许多，也都变得活跃起来。让他们上台写的时候，下面的同学们会很积极地提示上面的同学哪里写错了，而被点到上台的同学，即使写错也不害怕了。把要讲的题目分解开，这样一节课下来，几乎班里每个学生都有上台拿粉笔在黑板上写字的机会。更让我开心的是，不管成绩好不好，平时是否能够积极回答问题，班里大部分学生在我要点名的时候，都会高举起小手毛遂自荐，争先恐后地喊着"老师叫我，老师叫我"。在大部分积极同学的带动下，小部分不喜欢参与课堂发言的学生也鼓起勇气举手了。平时叫值日生上台擦黑板，都会一下子跑上来好几个人争抢着干活，有些同学，我不叫他上黑板，还说我"小气"。可见，大家都想上台展示自己，也都不想落于人后呢！大家也慢慢地知道提前看书改错了，兴许怕自己被叫上台写错字被同学们笑话吧。可惜就是班里的班班通太不争气，这周几乎没好过，可能受天气影响，老打不开。如果下周再这样，新课都要受影响了。不能够欣赏图片，学生的学习积极性可能也会差一些。

在互相批改中自我学习

2016 年 5 月 24 日　　星期二

　　自来水终于在下了两整天的雨之后又变浑浊了。这里的天气很有意思，常常一下雨下好久不停歇，只是大小不一。下雨的时候，天却不一定是全阴的。学校的地很有意思，下雨的时候积水很多，雨一停，干得也快。在这里可以冬夏一床被，只是盖的方式不同，冬天还要加上热水袋。这里的屋顶很容易结蜘蛛网，各种蜘蛛，大的小的，优哉游哉带着自己的网挂在墙上挂在角落。还有些网破败了，也不掉落，晃晃悠悠一半挂着一半飘在空中，像是很久没人住的老房子里的景象。不知道是不是因为季节关系，最近经常是早晨起来，一拉开卧室窗帘，就会发现窗户外面窗台上一堆密密麻麻的小虫子尸体，不知晚上到底发生过什么。

　　老师们发起每天练字 20 分钟活动。我班今天下午第四节课第一次练字，临到收时我突发奇想，收上来又发了下去，让每个同学拿到一张别人写的字，让大家拿红笔给同学改错，还要在结尾写上评语，给手里拿的字打个等级，最后几人一组互相讨论手中的字，相互交流感受。后来我就发现，让大家当老师给别人改错的时候，都很认真在做，甚至比改自己的都

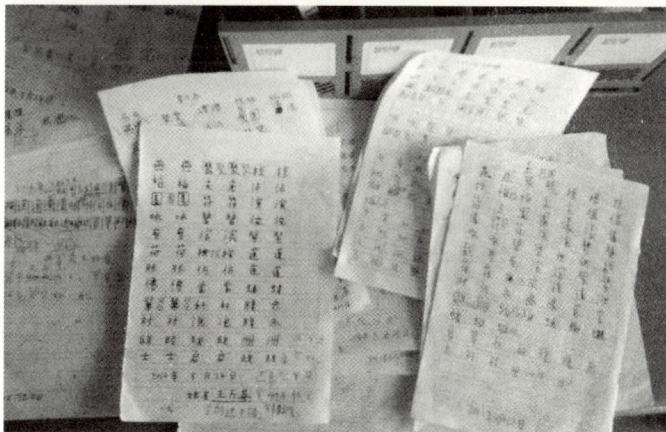

一起练字，互相修正

认真仔细、要求高。看评语也很有趣，虽然一开始听我说要写评语的时候都嚷嚷着给打良啊、差啊什么的，但是收上来就看到，有的学生鼓励别人说加油，有的学生很认真地表达了自己的感受，告诉写字者他可以写得更好，大家互相给的等级也不低。真是一群可爱的小老师。我希望通过这样的方式，让大家也体会一下看各种各样的字是什么感觉，改作业是什么感觉。而且整个过程下来，自己练字了，帮别人改错的时候自己的印象也会更深刻，不由自主地会提高要求，今后自己写的时候也会更加注意。评价别人的同时也是在评价提高自己，思考自己能写得更好吗？能得到更高的等级吗？自己写某个字的时候，是不是也有类似的问题没注意？见贤思齐，才能进步。

相互修改的措施，我也用到了听写中。最近的好几次听写，都是让孩子们写好以后先交换着改，再交上来。我直接改的话，有些同学已经不是错误多的问题了，而是空的太多，遇到这样的，我一般直接让他重写。但是发下去他真的会重写、会改错吗？不见得。如果是让他们给别人改，那就认真多了。改别人的，历经一次复习和改错，再拿回自己的，又经过一次改错。这样即使学生真是懒得多改几遍，那他至少也重新把听写默写的东西温习两遍了。说到底，这是个自我学习、自我改错的过程，我相信这样做，对愿意学习愿意思考的孩子会有很大帮助。但是也有不认真改的，没给人看出错误让我发现了。以后要让他们签名，谁改错了找谁。

临近期末，要经常给学生做做思想工作了。有些成绩不错的同学，在模拟考中反映出来成绩下滑，这跟平时的课堂表现不是没有关系。一个月，虽说提高很多没什么希望，但是还得尽量巩固啊。

学 生 奇 事

2016 年 5 月 24 日　　星期二

孩子是一群很有趣的群体，他们喜欢玩胜于学。我们班的孩子，老师不来不主动进教室，老师不喊坐下不主动坐到座位上拿出书。晨读不会主动开始读书背书，课前不会提前准备好笔、本子和课本。老师不来的时候在外面晃悠，老师来了进了教室先喝水上厕所，这才开始有要上课的样子。

经常有孩子不带课本上课，上课没课本也不知道互相借着看看。人家读课文的时候，他也在读，对着空气读，不要误会，并不是他已经背过了这篇课文，只是眼前仿佛有书似的动动嘴。有的学生不论改错、写作业等等，做什么动作都很慢，只有走神最自然最迅速。你看着他慢慢翻书找词语的动作，真的很替他着急。

别看学生知识掌握得不好，但是一到上黑板写答案时，大家倒是都很积极。一个个高举着手，喊着"老师，我！老师，我！"可是真上了黑板，又经常写不对。一个个都是自以为会了，其实差得还很远。

同样积极的还有擦黑板和发作业。我一喊上来两个同学擦黑板或者发作业，就有一群人奔上来抢黑板擦或者作业本，包括平时不积极举手写答案的。擦黑板的同学经常还会因为个子不够而擦不到黑板上部的字，就使劲往上跳，最后我只能说：够不到不要擦了。

教室里偶尔也会有一些奇事，比如一个同学给另一个同学抓头发，可能是在找虫子。比如今天看到王万富在教室里抠脚丫子玩，不知道拿笔在上面干什么，而与此同时其他同学都在认真背书。比如总有同学认为我看不到他在偷偷打小抄准备听写。比如站到一个位置轻轻呼吸会突然感到一股浓郁的臭脚丫子味被吸入肺里。

嗯，他们就是这样一群单纯自在、幼稚可爱的小学生。

学 生 疲 态

2016 年 6 月 16 日　星期四

这是考前的倒数第三周，今天进行了第五次强考。不知道学生们是因为最近考试多复习任务重太疲惫了，还是因为今天老师们监考严格了，上午监考英语时出现了这样一种现象，学生们听完听力没多久就停笔了。不知道是做完题目了还是不会做了，个别同学手上开始玩些乱七八糟的东西，有玩笔、玩橡皮的，有在书上画画的，有到处张望的。最让我震惊的，是趴在桌子上"闭目养神"的同学越来越多。有一刻，竟然全班 30 人都趴在了桌子上，有脸朝下的，有侧趴的，包括 15 个三年级的、15 个四年级的学生。那景象，真的是 20 多年来，不论是自己考试还是看别人考试，都见所未见的。如果做完题目了，可以检查啊！如果没做完，更不应该放弃，要努力想想啊！实在想不起来，也可以看着没做出的题目，总结一下哪些是自己还没掌握的知识点，知道下一步该如何努力啊！

看到全员趴在桌上的景象，真的突然让我感觉到，这一群"朝阳""花朵"什么时候变成了这种状态，没有一点点生气。这个年龄的朝气蓬勃呢？学生这样，多少让人心酸。虽然也不能否认现在的孩子学习压力确实不小，但还是应该精神饱满地对待学习嘛。

疲惫

考试反映校风

2016 年 6 月 20 日　星期一

今天下午在另一所小学监考，全县六年级统一强考，为升学考试做准备。各校派出老师去其他学校监考。考风考纪真的到哪都是个问题，学生们毫不在乎是别的学校的老师监考，不遵守考试纪律。这已经不仅仅是考风考纪的教育问题，更是从侧面反映了缺乏对学生的集体荣誉意识、主人翁意识的教育。因为学生不仅仅代表自己这个个体，还代表了学校，个人的言行会反映一个学校的校风校纪。卫生很差，有的学生桌子周围竟然全是卫生纸，也不扫，就扔在地上。考试的时候总想讲话，到处看，总想传纸条，看小抄，说话声大到全班都能听见。说实话，我后来都不想管了，他们爱怎么着怎么着吧。他们是不是在窃喜？殊不知我已在内心里狠狠地批评他们，也对这个学校有了不好的看法。

所以，不能只在有领导来检查的时候注意校园的脸面问题，而要多在平时做工作，平时最能反映本质。

◎ 思想教育与自我思考

解决学生小矛盾

2015 年 9 月 1 日　星期二

才刚刚开始带班，就遇上了两个小男生闹矛盾。下午看学生打扫卫生时，班长跑来告诉我说，一个男生哭了。我忙跟他回班里，也不免在心中暗暗担心，没处理过小学生矛盾，这咋办啊？回到教室，我把闹矛盾的两个男生拉到跟前。看着哭着的那个孩子，问他怎么了。一开始他还不肯说，后来我一边鼓励他没关系，大胆说，一边询问其他同学事情的经过。班长说，这个男生摔倒了，然后就哭了。那可能是摔疼了？我忙问他，有没有哪里觉得不舒服，疼不疼？他摇摇头，说没事。可事情并没有那么简单，后来还是这个男生自己说了出来。他说，另一个男生打他。另一个男生忙说是哭了的这个男生先打他，这个男生又说不是他先打的。再后来仔细一问，才知道是这个男生不小心摔倒了，那个男生在旁边起哄鼓掌，这个男生气不过推他一下，那个男生怎么肯吃亏，就推回来。

知道了事情的经过，我便按照自己的方式进行处理。首先，我跟起哄的那个男生说，同学摔倒，你应该把他扶起来，关心他有没有摔伤，而不是在一旁鼓掌看笑话。其他同学围了一圈在看，我也跟他们讲，以后同学摔倒不能起哄，大家要互相关心。我接着问起哄的那个男生，起哄，还打了那个男生是不是不对？他犹豫了一下还是点了点头，我接着问："那你是不是应该跟他讲对不起?"他点点头,然后跟摔倒的男生讲了句"对不起"。然后,我跟哭着的男生说:"以后遇到事情要找老师,这样你推一下我推一下,都不想吃亏,什么时候是个头。他起哄是他不对,但是你打他你也不对。你是不是应该也跟他说对不起?"小男生点点头,也说了"对不起"。最后两个人握手言和。

事情处理得比我想象中要迅速,然而我心里却在打鼓,我做得对不对呢?虽然按理来说,道理讲通,两人也互相说了对不起,孩子也不哭了,但是我不知道他们内心里是不是能够理解,是不是口服心也服,以后再出现有人摔倒,其他人会不会再乱起哄。还有,我不知道自己今天的处理过程,在其他孩子心里会产生影响吗?会产生什么影响?但是转念一想,其实这个年纪的孩子应该还是纯真不记仇的。好在后来我再看到这两个男生,他们已和平共处了。

孩子们的自律性还是差了一点,干值日需要老师盯着,生活中的细小问题需要时刻提醒。比如,今天有两个同学在门口不小心撞了一下,一个撞疼眼睛,哭了,另一个撞了胳膊。像这种问题我是一开始想不到的,遇到了才会跟他们讲,走路要稳,不要跑太快,到了门口还有楼梯拐角要减速。再如吃饭时是否吃得干净,洗碗时有没有注意关水龙头,如何有技巧地按出洗洁精,洗完手注意不要把水甩到别人身上,等等。

要纠正的事情随时会出现,我不能够完全预料,只能希望我讲过的他们能够记到心里。习惯教育重在说教啊。

何 为 支 教

2015 年 11 月 2 日　星期一

现在,我已经把两个热水袋都用上了。今天中午没睡着觉,不知道是不是因为一直手脚冰凉的缘故。下午学校开会布置了一些事情,我们丹寨小分队又布置了一些事情。这一周给我的感觉就是,忙。下一步的活动计划需要确定,周末还有校友会。

今早我在 QQ 空间发了一张学校图片,有人在下面调侃说:你这是支教吗?条件这么好。这句话引发了我的一些思考。其实这种问法也反映出一定的问题，那就是，现在人们对于支教的理解，可能有些偏差。

可能在大部分人想来，支教工作和住宿环境通常是很不好的，实际情况中也确实有很多人去了条件较差的地方。比如支教地非常贫困，人烟稀少，前不着村后不着店；支教人住在破烂房屋里，吃不好睡不好，没水没电没网，还要自己操心一日三餐；支教的学校破破烂烂，设施老旧，师资匮乏；学校的学生缺衣少穿，吃得差用的差。包括以前的我，对于支教人物、支教地点及对象也没有全面的认识。但是现在我有了不一样的想法。

我们这支团队，有幸被分配到条件尚好的二小，这是当地政府对我们支教工作的支持，对二小教育的重视，也想为我们提供一个较好的工作环境，有更高的安全保障。但我可以问心无愧地跟自己说，我确实在支教啊。什么是支教？支援教育。我们到来，分担了老师们原先的任课任务。我们四人，两人是语文老师，两人是数学老师，跟学校其他老师一样，还兼自己班的品社、音乐课，或体育、实践课。我们也被安排进学校的值周和值夜班计划里，每天去各个班检查，在学生睡觉前后查寝。我们也值日，带自习，陪学生吃饭，做教学计划，接受各种检查。我们也要听课、评课，参与集体备课。

日常教学培训

值日安排表

其实，刚到这个学校的时候，我也惊讶了。塑胶跑道，篮球场，好看的对称教学楼，楼上还有电子屏放映循环滚动的字。走进教室，低年级的课桌椅是比较新的，铁的，桌面还是蓝色刷漆磨砂的。黑板多数是用水笔写字的白板，可推动，里面安放了班班通，也就是可以放映课件的类似电脑的电化教学设施。教师办公室有多台电脑，每个老师一个桌子。条件真的比想象中好太多，说不上艰苦了吧。

随着时间的推移，随着对这里教学生活的融入，就会发现，贵州虽然穷，丹寨也穷，但上级政府对教育的拨款逐年增多，所以一般这里的学校建设不会太破旧。尤其像二小这样的教学楼，算是几所小学里的典型建筑了。而且老师们也会有定期培训，外出学习，外出交流。这里教课比较好的老师，上起课来也真的是有声有色，在利用课件、道具，引导学生等方面也真的是很有想法，值得学习的。其实在教育学生、学生管理等方面，我们是新手，是需要向这里的前辈们多多学习的。但是这里的学生，从家庭教育、理解能力、行为习惯、学习自主性等方面看，跟城里孩子确实不同，确有差距。实际上是整个这片地区的文化软实力较差，就指望不上学生在家能够获得知识，不能指望家长去督促他们学习，相当于不能够建立起家校学习联盟。可这是钱能解决的吗？学生的父母大多在外打工，有些甚至母亲跑了，从小缺少父母关爱，跟不会说普通话、不会写字的爷爷奶奶生活在一起。

虽说从分担工作上来讲，我可以告诉自己说，确实在支教。可是从教育教学层面讲，我经常进行自我质疑。因为我感觉我没有带来什么新的东西，我也不知道一年时间我是否能够潜移默化地影响学生。这是我感觉最没底的地方。当初觉得支教就该带来些新东西，带来大山之外的东西。我们之前也开展春晖讲堂，我会放纪录片给他们看，但其实孩子家里也都有电视，看些大山之外的世界也还算方便的，只是没机会亲身感受。而且有教学计划压着，也没有很多时间开展课外知识讲座。

虽然生活上似乎并不艰苦，但是情感上却深感贫乏，至少我是这样。一个人的日子就会去想家、想亲人，不断反思过去的自己。我猜，一年的时间，可能要把那个在家时才有的傲慢的自己慢慢磨掉了。也许回去以后，我不再是以前的两面人，可能我还是对外内向，对内外向，但是我想把更多的温柔送给家人，献给温暖的家。

冬日小火炉

督促有成效

2015 年 11 月 18 日　星期三

　　学校近日开展课后兴趣小组活动，内容涵盖德智体美劳，丰富了孩子们的课余生活，有助于帮助孩子们全面发展。由于一、二年级的活动能力有限，课后活动时间主要是做游戏、讲故事等。今天是我第一次带一年级课后活动，感觉这群孩子好活跃、不认生，不像我们班同学当初第一次见我不敢说话。一年级的小朋友已经能够表达自己的意思，跟他们在一起游戏会感到不自觉的开心快乐，虽然有时候纪律乱了些。可能年纪越小，顾虑越少吧，也正是刚学着利用文字和语言表达自己的时候。看到他们写语文作业的时候非常认真，一笔一画的，写完就把作业本整齐地放到讲桌上。联想到我班孩子的作业问题，头疼。

　　昨天布置说晚自习前把作业放到我办公桌上，结果今天早晨去看桌子上干干净净，于是就有了早晨晨读对学生进行的思想教育。喊了"上课"，学生说完"老师好"，我没吭声，就看着他们。有几个学生坐下了，意识到情况不对，又站起来。教室里发出个别凳子挪动的声音，大概学生们觉得要罚站了，就想站得舒服一点。我等着教室里安静下来，问为什么不交作业，为什么不送给我，李金妹说因为没收齐。难道所有人的作业都堆在那儿不改，就等着不愿交作业的同学吗？难道大家都停下脚步等候退步的同学吗？每天交作业就像每天吃饭、睡觉、上厕所一样，不是要老师天天催、推着走。全校其他班都知道交作业，就我的桌子上空荡荡的。我感觉当时说到这，我都被自己委屈到了。一番思想教育，到了下午我发现，这次似乎见效了。果然学生还是应该站着听老师讲话。下午交作业时只有三人没交。不过想来这样教育还是不能长久，还是需要从根本上改变孩子们的重视程度，才能彻底地解决这个问题。

　　下午上课时检查字词，我专挑几个平时不常叫的同学起来带读，做小老师，我要"强迫"他们参与进来。

　　总复习的内容已初步拟定，不过仍需修改。比如说本打算生字一个个带写，一个个提问，现在看来这样时间根本不够，掌握不好的学生站起来回答真的耗时间。

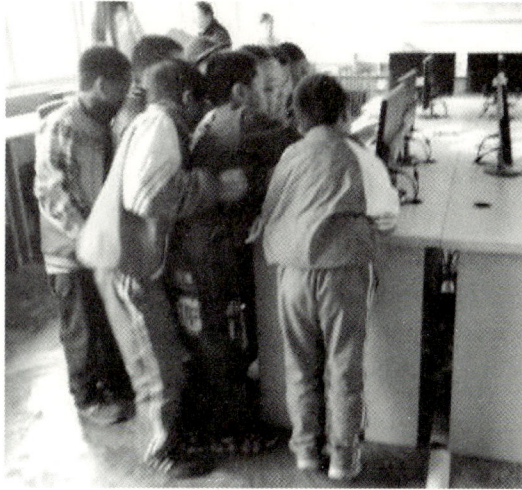

课后兴趣班

端正态度是第一

2015 年 12 月 17 日　星期四

今天进入第二轮复习，进行了全书知识点整合，布置了一些多音字让学生注音组词。学生们竟然喊作业太多下周再交。我一听就生气了，天天不交作业还跟我讨价还价。我若是答应下周交，肯定还有一部分交不上的。于是下午上课又被我教育了。遇到困难先想着退缩先想着绕道，这是什么态度？学习态度不端正，作业写都还没写呢就说多，上课喊多下课去玩，有什么资格喊多！还没努力去做的事就想着放弃，想着别人先让步，那么不相信自己。这都是平时作业少给惯的。晚上交上几本作业，上课领着复习易错字，边讲边让学生动手写，还是好多写错，强调哪里不要错就偏偏写个错的放在那里。三年级的学生，已学过的、老师带着画过的内容还不会找。晚自习开卷考品社，书上的原句啊，都不知道去哪里找，提示了还写不出正确答案，真替孩子们着急。

新学期新希望

2016 年 3 月 1 日　星期二

开学第一天早上，学校举行了开学典礼，并对师生进行了安全教育。校长发表讲话，讲了自己在假期了解到的学生情况，并对大家提出新的希望。我们要总结过去，规划未来，全校如此，各班亦如此。

开学第一节语文课，我就没打算先讲新课。要干什么呢？回来之前我都想好了。我要跟学生交流假期生活。这里说的交流，可不只是说说做了什么而已。

第一件事，聊生活。

"开学了，大家心情如何？""很好！"

"开心吗？激动吗？""开心！"

"假期过得怎么样？父母回来过年了吗？""回来啦！""谁来告诉我，你假期都做了什么呢？"一个假期过去，同学们又变害羞了，没有人举手。

升旗

我先叫起了李佳华，"你假期都做什么了？""写作业""除了写作业呢？"
"嗯——"

有害羞的，也有活跃的。旁边一个新转来的小男生倒是不认生，他是
跟着父母来回奔波，上学期去外地，这学期又回来。他叫李明龙，我对他
的名字有印象，上学期开学时，名单上有他的名字，但他没来报到，跟家
人转去外地了。听说，他前两年也是来回转校。就今天的接触来看，倒是
能够积极回答问题。这不，除了站起来自我介绍，他今天回答的第一个问
题，就是"假期穿了好多新衣服！""那么好啊，家长给买新衣服了！"

"大家假期还做什么了呢？我来问大家一个问题，在这个将近两个月
的假期里，你有没有每天坚持去做什么？"大家些许沉默，我得给点提示。

"有坚持每天学习的吧?""有!""有坚持每天打扫卫生的吗?""有!""还有什么呢?""帮家里干活。"大家慢慢地活跃起来。"有每天坚持锻炼身体的吗?"大家不喊"有"了,可见锻炼身体啊,学生们还是不大重视,不过我想他们天天干活,也算一种锻炼。"得有天天坚持玩儿的吧?天天看电视的可能也有。"我看到一部分同学露出腼腆的笑容。

"再问你们一个问题,有没有同学,在这个假期里完成了某一件事,或者说一个目标?""作业写完了吗?""没写完……"

"那么我来告诉大家,老师这个假期啊,每天坚持学习,坚持看英语,每天早起,也做家务。老师还去驾校学车了,并且学完了,这就是老师的收获。为什么问大家这两个问题呢,其实是想告诉大家,要学会为自己制定目标,寻找任务。比如说,咱们上课四个月,目标就是学完一本书的知识,最后要考试测验,考得好说明你完成了这项任务、这个目标,说明你进步了。那么放假了,假期到了,虽然假期时间不长,你也应该给自己定个目标,每天要坚持做什么,这个假期我要学到什么新技能,掌握多少新知识。大家不要小看坚持,其实能够每天坚持做一件事并不容易,但是只要坚持,日积月累,总会有进步的。这个假期呢,已经过去,有的同学珍惜了,有的同学浪费了,过去了就不再多说。希望大家记住,在今后的日子里,每个阶段给自己定目标,每天做计划。我今天要做什么,做到什么程度?一天结束自我回顾,我今天完成计划了吗?哪里没做好?只有这样,一段时间下来,你就能自己感受到自己的变化。""好,这是这节课讨论的第一个问题。"

第二件事,聊期末成绩。

"大家都知道咱班语文平均成绩吗?""40多。"

"(1)班多少分?""70多。"

"虽然期末考试已经结束,这是过去的事了,无论好坏已成定局,但是,我们必须要总结原因。首先就要敢于看到差距,30分的差距。大家是一个楼层紧挨着的平行班,大家难道不觉得不好意思吗?为什么别人能做到,我们不能呢?"我引导同学们寻找原因。

"第一点,可能与老师有关系,上学期咱们有一个从陌生到认识再到适应的过程,所以在学习配合上可能存在问题;第二,有些同学,上课不认真听讲，老师讲课是为了帮你理解，你不跟着老师说的走，还犯困，下课又不学，那你怎么办？第三，课后不做作业，或者作业不认真，也不改错，还不复习。最后不按老师说的复习，没记到脑子里。"

"咱们也就还有半学期的相处时光，希望大家打起精神。胜不骄，败不馁。考好了，只要没满分，就必然存在问题，要找到问题并改正。考差了，更要勇敢地正视自己的错误，你现在觉得不好意思了，早干吗去了？考差并不可怕，可怕的是你明知道不努力有这样的结果还不去努力。希望大家按老师说的做，上课你试着跟着老师说的思路走，去猜测老师的下一句话，做点笔记，就不困了，作业要认真写。新学期新开始，只要努力就能学好。"新的一学期，同学们也是信心满满。

孩子们平时可能会缺少这种思想教育，还是要时刻引导。明天就开始新课了，我也要努力地抓一抓他们的学习，多督促才行。

家里的饭最香

2016 年 3 月 3 日　星期四

今天的晚饭我陪餐。上学期陪餐都是站着看学生吃，也没有多余的凳子。结果今天吃晚饭的时候，李兴常叫我："老师，老师。"我转过头，他问我："老师，这有凳子，你坐不坐下？"我说："没事，你们坐吧。"其实我内心里可能不太习惯坐下吃，虽然也想过可能坐下跟他们一起吃会好一点。李兴常说："这是多出来的凳子。"我心想，好吧，既然孩子都发出邀请了，被我拒绝多不好。于是我走过去坐下，有点不好意思，有点不习惯，突然看他们的角度不同了，目光水平线不同了。

桌子对我来说有点矮，我要把碗端起来。我坐在那张小长桌的头头上，左边三个学生，右边三个学生。我看着他们吃，刻意放慢了吃饭速度。但是再慢也慢不过他们啊。吃完饭，我索性把碗放桌子上，擦擦嘴，专心看他们吃。小孩子吃饭就是慢，我都吃完了，他们动了还不到一半。

我问他们："家里的饭好吃，还是学校的好？"我本以为他们会觉得学校的好，毕竟学校的菜还是挺丰富的，他们在家能吃什么呢？可是李兴常说："家里好。""为什么呀？""团圆。""什么？"我没听清。"因为团圆。"

"团圆?"我思考了一下才反应过来。这倒是个让我出乎意料的答案。瞬间让我想到这得是写作文抒情的时候才说的话啊,就这样被他平平常常地说出来了。想想也是,的确呢,跟家人在一起吃饭,哪怕粗茶淡饭也是最美味的吧。

　　我又问:"那么单说菜的味道,家里好还是学校好呢?""嗯……还是家里好。"孩子们恋家的心态表露无遗。"我们那的菜味道更辣。""你们那儿?你家不是这里的吗?"我的第一反应是地域差异。"是龙塘啊。"好吧,龙塘明明也在丹寨,周末就能回去。小孩子眼里某一段路的距离,会比大

准备开饭

人眼里这段路的距离更远一些。大概对他们来说，家和学校，就像是我眼里的两个城市吧。我说："因为学校要照顾大多数同学，所以不会很辣，可能有人不喜欢吃辣。"其实我心里想的是，贵州的孩子不简单，从小就喜欢辣。今天中午，我就是盛菜到碗里的时候把辣汤油盛多了，结果肚子不舒服。感情我还不如学生能吃辣呀！"老师你的碗那么大，端起来不累吗？不烫吗？"我说，这样盛饭盛菜方便，不容易溢出来，瓷碗下面有层托，隔着端碗没有那么烫的。李兴常说："我们的碗好烫。"我摸了摸他的不锈钢小碗，确实不隔热。"嗯，因为材料不一样。"

我想，不管是家里的饭好吃还是学校的饭好吃，孩子们都是快乐的吧。在家有家人陪着，在学校有同学和老师陪着。他们的家乡虽然暂时比较贫困，但他们的生活中也不是全无幸福可言的。

我来帮你放凳子

2016 年 3 月 9 日　星期三

丹寨很少在一大早就下这么大的雨呢。

外面电闪雷鸣。我听到雨滴打进宿舍楼道的啪啪声，估计楼道已经淹了吧。闪电就在田野间，在窗外，在离我很近的地方画出一道道的弧光。没有防盗窗的屋子，没有阳台隔离的卧室，显得更加没有安全感，仿佛自己就置身于隆隆的雷声与闪电之中。

今早看学生吃饭，突然发现他们不知何时养成的一个好习惯，先在一楼打完饭的同学，会在上二楼之后，坐下吃饭之前，把饭桌上所有的凳子都拿下来摆好。不按时交作业，不积极学习的学生，偶尔也会出现令我心灵震撼的行为呢。是哪位老师要求的呢？也许他们并不能够深刻理解这种行为背后的意义，但是他们确实在做。也许他们也曾想过，自己的凳子，自己上来以后放下来不就好了吗？不是自己的事情自己做吗？但是从另一方面讲，这难道不是一种为他人着想的良好品质吗？换位思考，谁不想上楼就看到自己的凳子已经被放下来，等着自己坐上去吃饭呢？这就像是摆好桌椅等着家人就座后一起开饭一样。这是让孩子们形成一种学校就是家，同学就是家人之观念的具体做法呀。

吃饭

孩子的品格也会受到周围环境的影响，是否理解不重要，先把习惯培养起来。慢慢地，大家就会变得越来越懂得相互关爱。

论 孩 童

2016 年 3 月 27 日 　星期日

在这儿闲着没事就是看着孩子，思考孩子，然后思考自己。于是乎，观孩童有感。

一、孩子也想保护集体，但有时反而帮倒忙。比如前两天有位高年级班主任想组织全班学生外出烧烤，以减轻孩子们的学习压力。因考虑到烧烤地点离学生家较近，且校领导可能不同意，就省掉了"上报"这一步，还告诉学生不要跟别人讲。学生们都很兴奋，也觉得全班有个小秘密很刺激。可是问题来了，学生出门家人问"去哪啊"，学生答"老师不让说"。这家长能放心？学生出门没一会儿，这家爷爷奶奶一下子把打电话打到校长那，接着校长"曲折地"联系到了班主任，勒令立刻解散，把学生送回家。回想这件事，问题出在事先没有跟学生讲清楚，应该让家长放心，有事打电话找班主任。学生答起来也是实话实说，他们想烧烤，也知道不能说，但是他们还预想不到自己一句话带来的后果。

二、对待没兴趣的事，精力难集中。下午带着两个小男生一起去采茶。男孩子话也多，听他们聊天就挺有意思，气氛是活跃了不少。然而我发现，小孩子不光是学习上难以集中精力，采茶也是。本来按理说采茶就跟玩似的，应该不会没兴趣吧。但是俩孩子没采一会就盼着去学校，说这里太无聊，学校更有意思。赵砥一开始让两个孩子帮着采茶，结果俩孩子这跑跑那跑跑，就是不固定在一个地方好好采。到后来又开始采蕨菜了，再后来就念叨着回家拿东西去学校，可能想同学了吧。为了不让孩子太晚到学校，今天我们的采茶活动结束也早。

三、成绩不好不要紧，该机灵还得机灵。班上受关注的学生往往是哪些？肯定是成绩好的呀。嗯，除此之外，还有成绩可能不好，但是比较机灵又热心的孩子。那些成绩一般，又默默无闻的同学最不容易引起关注。赵砥班有个男生，成绩不太好，但是人活跃。他有一天说到班里的教杆断了怎么办，这男生就说明天给他从寝室拿一根，结果第二天就拿来了。诚实守信、遵守承诺也是很好的品质，想到自己平时也喜欢跟学习好的同学多聊聊，多管管那些会主动往我身边凑，主动找我讲话的，或者平时做起老师布置的任务比较迅速的学生。所以啊，首先学问要做好，即使学问做不好，也不能因此自卑，一定要有个好品性，做事机灵点热情点。不要自以为成绩不好老师就不喜欢自己。其实人与人交往，学问只是一部分，能交往起来多半因为觉得对方有趣。学习好固然好，但是会做人，更好。

论 课 本

2016 年 3 月 28 日　星期一

小学课本的编排真称得上是煞费苦心。不知道其他年级的课本内容如何，单看三年级的语文课本就会发现，单元课文安排的内容，某一时间上到某一课，刚好可以对得上这个时间近期的节假日。比如下周一清明节，昨天刚看到一篇文章说可以给孩子有关生命和死亡的教育，今天上的第四单元第一课就是要珍惜时间、珍惜生命。再比如一、二单元课文多为写景、写动物，以展现春暖花开、一派生机勃勃的景象，也恰好对上开学迎来的春季。虽然那两个单元结束好久了，这边天气还仍旧是阴雨连绵，除了校园里的桃花和树上发出的翠绿翠绿的嫩叶，以及校外小片小片的油菜花田外，基本也感受不到春的气息。

回想上学期的课文，就有好多是关于思乡思亲的古诗或者文章。上学期刚来到这里，还都是中秋节、重阳节、元旦这种适合跟家人待在一起的节日，因此这些课文也是应景了，我就是那在外的游子啊。包括上学期的品德与社会课本，也是关于爱家爱亲人的内容居多。

书的编排是门艺术，处处有门道。一本好书的编排，不仅是为了孩子们能更好地学习，更是能让他们贴近生活体会生活。感谢那些为这本教材的编写耗费了这么多苦心的人。

愿望要靠自己实现

2016 年 5 月 7 日　　星期六

劳动节前给班里学生按宿舍几人一组照了几张照片，并布置他们回家写出自己的三个愿望。我提示他们，可以写自己以后想做什么，成为什么人，过什么生活，是不是要考上大学，等等。我并不是要看着这个准备礼物。有同学问我，照相干吗？李兴常倒是会答："留念呗。"不假，不过不只是给自己留念，也想给他们留念。李兴常大声问："老师你能帮我们实现愿望吗？"那语气仿佛是，你有本事实现我就写，可是，你能吗？

不知道是不是我多想，可我总感觉听出一点不信任。确实，可以不信任，因为我也没那么多钱去实现他们得到物质的愿望。但是我立马回答他："愿望是要靠自己实现的。"我不想他们有种想法，支教老师来了，募捐给他们买东西，他们就可以想要什么就得到什么，他们想要什么我们就能弄到什么，不是的。一年过去，我们走了以后呢，谁帮他们买东西？到时候他们会不会形成一种心理，支教老师也没什么大不了，来了送点东西，走了也不能长久地留下实用的东西。是，我们是可以通过礼物让他们六一过得更快乐一点，可是我这次让他们写的目的，是想让他们思考。如果只能实现三个愿望，要把什么最珍贵的东西放进来，多少年后看到，问问自己实现了吗，又为此努力了多少？

　　说到李兴常，这孩子很活跃，成绩属于班里中上等，虽然也不很高，但是不免有点骄傲吧。有次我说："请大家安静下来，我有事说。"他反应敏捷，接了句："有话快说，有屁快放。"接着被我训了。平时就有接话还不接好话的习惯，我放过一次两次就不能再不管了，要让他知道尊师不是嘴上说说，什么叫文明，什么叫三思而后行，他做不好就该反思。比别人会说的话多，没有什么值得炫耀的，更不能通过这种不良言行去吸引他人注意。

　　回想起这周过得最有特色的就是劳动节第三天，那天上午走出学校跟着赵砥、朱林聪还有兴富校长一家去看了县政府广场的苗族舞蹈比赛，也是见识到了不同的服装和乐器，还跟很多苗族美女合影留念。有几个人还在广场伴着人家吹奏的音乐当场围个小圈跳起舞来，感觉很有广场舞小队的风范，照相摆 pose 也很有特色，尤其是其中的两个男游客还和大家一起载歌载舞。那一天的我们忘记了压力，直到回宿舍的时候都很开心，没错，生活嘛，还是开心最重要。

民族舞比赛

做个有担当的孩子

2016 年 6 月 6 日　　星期一

　　中午照常去班里看午自习。一进教室，就看到讲桌上一塌糊涂，之前整整齐齐压在我课本下面的卷子被翻得到处都是，不用想就知道是学生干

105

的。其实走到教室窗边就看到里面围在讲桌边的一窝学生四散而逃，就这样把弄乱的卷子放在那边。虽说这种情景并不出乎我的预料，不过看到乱七八糟的讲桌还是起了火。

我在桌边站定，厉声问道："是谁把卷子翻成这样的？"学生们显然也知道卷子被翻了个不像样，都大声地回应。可惜，他们是在澄清自己，指责他人。我再次问道："翻过就是翻过，有没有大胆承认的？不要去指责别人，我在问你们自己。"互相指责和抱怨的声音变小了，但还是没有人站出来。"我数三声，看看有没有人上台来帮我整理卷子！""一、二……"终于，班长李金妹上台了，眉眼之间带了一点不情愿，有点抱怨，有点委屈，有点不好意思。她大步快速走上台，帮我理好卷子回到位子上。其实大家都知道，不只是她一个人翻过。她一直是一个挺能管事的小姑娘。

我说："只有李金妹一人上来帮我整理卷子，但这不代表只有她一个人翻过。你们可以看，但是看完应该整理好。一个人能把讲桌搞成这样吗？谁翻过没翻过自己心里清楚。为什么我问的时候，你们都不能够勇于自我承认，而是一味指责别人？有多少人是敢做敢当的？李金妹至少是个有担当的人。""我希望你们以后不论做什么事情，敢做就要敢当，学过的道理不是只在课本上用的。如果你去看别人的东西，要经过他人的同意，看完给人放好。如果这东西是公共的，更要爱护。"

从另一方面考虑这件事，学生都知道卷子早晚会发，但是他们还会上台翻卷子，说明他们对分数感兴趣，对自己做题的结果感兴趣。虽然孩子们学习成绩是差了点，但至少他们对学习成绩还是关心的。他们也知道考好了会被其他同学看得起。想想我在教室改卷子算分数的时候，就有一群学生喜欢围一圈看着谁考得好，谁考得差，他们也会脱口而出："谁谁谁分数肯定高，老火哦（地方话，指厉害或严重）！"

以前还发生过类似的事。比如交作业的时候，他们喜欢一窝蜂冲上来抢着交，本子堆放得就会很乱，最初没人管，后来我说希望有人最后帮我把交上来的本子整理好，后来就有同学主动注意这方面了。其实对小学生真的是要从平时的点滴小事去教育和引导，慢慢培养好习惯。

◎ 收　　获

之前对于自己支教的思考、担心，在期末时有了答案。通过这一年与学生们的共同学习，我可以感觉到学生们在语文素养上的进步和学习心态上的改变。在生活和教学中，我相信自己也渗透了良好的思想教育，引导学生逐渐形成好的日常行为规范和学习习惯。一年的时间，虽没有使得每个学生的成绩都有很明显的提高，但同学们学习习惯上的改善还是对期末的总体成绩产生了积极影响。面对学生们并不好的学习基础和时高时低的单元测评成绩，我也曾感到过无望，幸好我没放弃，抓住最后的时间拼一拼。孩子们做得很好，在关键时刻听了老师的话。利用一个个中午进行的辅导学习终究是起了作用，孩子们没有让我失望，没有让带他们的老师们失望，期末整体成绩最终取得了明显的进步，也给他们自己一年的学习画上了完美的句号。

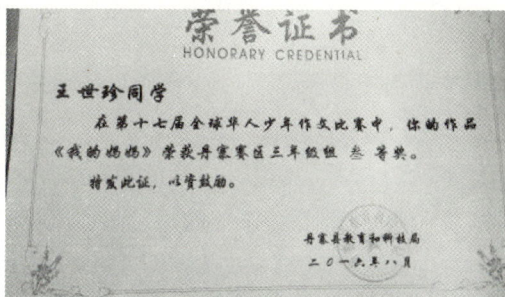

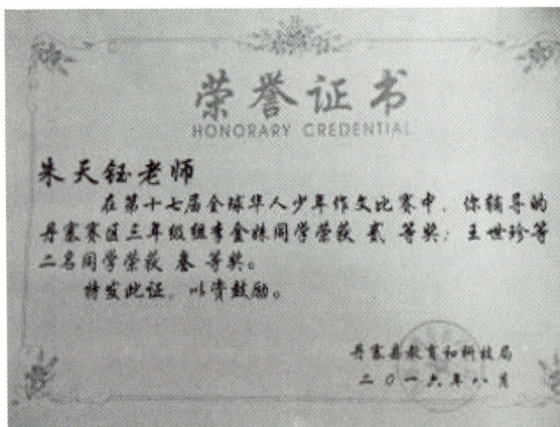

学生作文比赛获奖

　　回来后，我收到了张有标主任的消息，给我看了三张奖状，这是一次作文比赛的获奖情况。虽说临走时已经知道自己班里有两个女生获奖，但时隔几个月突然看到实实在在的奖状，这感触还是非比寻常。我猜，两个小姑娘拿到奖状时也会很开心的吧！希望她们不要骄傲，继续努力！

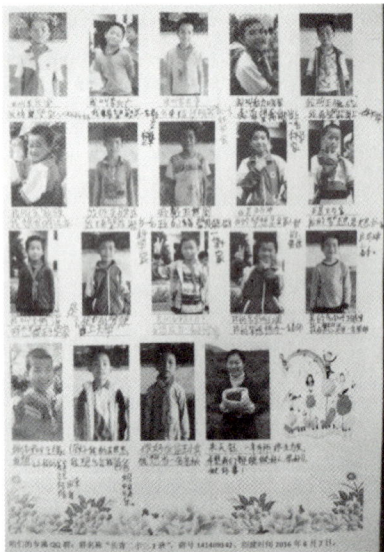

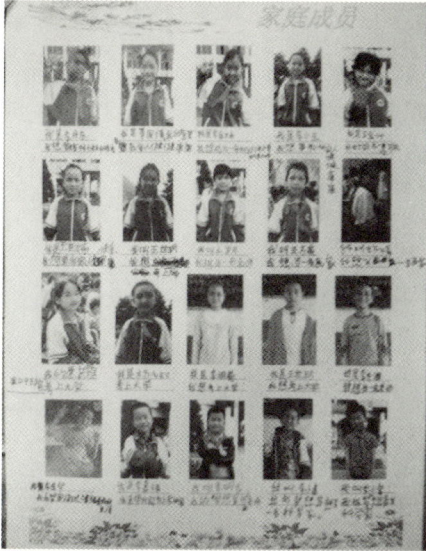

班级纪念册

校内校外活动

◎ 孩子们很棒

一起让校园更美丽

2015 年 9 月 1 日　星期二

　　来这边几天，已经没有初见到学校时的新鲜感、靓丽感了。学生的宿舍潮湿、没有纱窗，褥子上留有很多虫子卵和排泄物，晚上会有许多飞蛾。

　　今天早上一睁眼，就听到外面学生们的喧闹声。孩子们都起得很早，正精神饱满在外面玩耍。我也不敢贪睡，立马起来收拾。上午一个简短的教师会议之后，大家开始了例行的校园大扫除。我班任务是清除跑道周边花坛里的杂草。

　　一布置完工作，学生们就兴奋地跑下楼。当我下楼看到有学生提了一小桶草的时候，吓了一跳，孩子们动作干净利索，干劲十足。而我一开始分不出哪些是要留下的，哪些要拔掉。后来看到花枝，看到已经出现的花枝周围几乎被拔得光秃秃的杂草，我才大胆地放手去拔。

打扫校园

　　用锄头翻土，我也是头回干。这真的是体力活，需要双手握锄头先抡起再用力砸下去，使锄头砸入土里，把下面的土翻上来，把没拔干净的杂草根斩断，再把松开的土往花枝周围堆起来。每项工作都是熟能生巧的，经过了多次大扫除以后，本来不知道如何除杂草的我，现在已经可以熟练地用锄头翻土刨根了。

　　人多力量大，孩子们很能干，36 个学生加上 3 个老师，有的拔，有的扫，有的运垃圾。两个多小时整完了半个操场周围的花坛。中途也有孩子耐不住疲惫，在旁边偷懒休息，不过被督促了一下还是乖乖地继续干活。活动结束之后回到教室，我告诉大家，一个班集体一起做活动，就要有活一起干，做完了一起休息，谁不想休息呢？不能为了自己增加了别人的负担。

　　下午带着几个男生收拾了杂物堆放室。那间屋子已经很久没用了，里面什么都有，教学用具、废弃桌椅、被丢弃的班级文化板、衣架、电线等，立着、躺着、在地上、在桌上，零零散散扔得满地都是。经过一个小时的奋战，我们把这间杂货屋收拾得干净整洁，焕然一新。

　　今天的两次劳动，让我看到了我班的孩子们能干、能吃苦的一面。小小年纪，可以两人背着一麻袋的杂物从四楼背下一楼，再背到焚烧炉倒进去。而且有的同学干活非常娴熟，这令我感觉非常自豪。

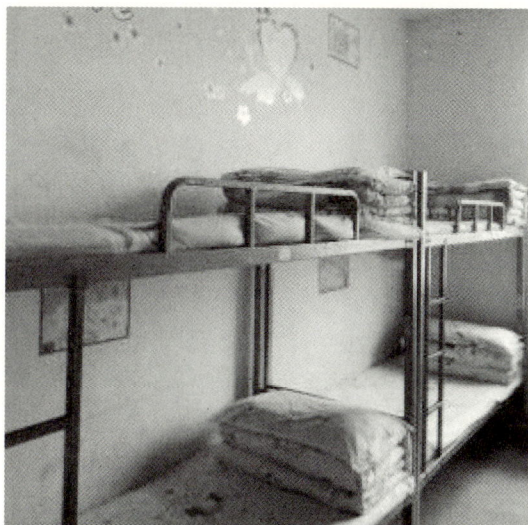

学生宿舍

晚上去查寝，发现有两个孩子昨晚因为床铺潮湿换了寝室。她们是跟管理寝室的陶洁老师说了之后换的，不过今晚的问题是，有个女生觉得昨晚换的寝室里，一年级的一个小朋友太吵，晚上不睡觉老说话，今晚又想换回来。我便和她们一起协调这个问题，果然集体宿舍的管理还需要注重很多方法。

孩子们虽然能干，但仍有许多不会的、不懂的，也有许多行为习惯需要纠正。我会带着他们，让他们慢慢地成长为讲文明、守纪律、有礼貌的好学生。

要适应长大

2015 年 9 月 7 日　星期一

　　这周我也是值周老师之一，昨天有晨读，没跟李锦林老师查教室。今天跟了，发现查得还挺细，如早晨各班是晨读还是上课，老师是谁，班里实到多少人，多少人带了红领巾，卫生情况如何等，都在检查的范围之内。

　　检查完早读后，开了教师会议。教师会议就像一节听力课，讲话的人讲着讲着会从普通话变成地方话，所以听久了，就会觉得不自在，坐不住。加上会议上布置的工作压在心里不得解脱，今天的整个听会过程让我感觉好难熬。

　　今晚统计了留守儿童信息，"你的爸爸妈妈去哪工作了？""他们出去多久啦，多久回来一次？""周末回去跟谁住呀？是爷爷奶奶给你生活费吗？""还记得父母的电话吗？"有的孩子来自单亲家庭，问的时候就要小心一点，不过在谈到这方面的时候，他们也只是平淡地认真回答我的问题。有的孩子已经记不清父母出去多久了，回忆半天也想不起来，不记得多久没见过自己的爸爸妈妈了。

　　中午跟着李兴富校长去了龙塘的教点，车在路上一直沿着山边小路前进，上坡下坡拐弯，中途还遇上塌方，因为昨晚下了大雨，差点就把路堵死了。路上的景色还是非常好的，山清水秀，零星地分布着古老的苗族特色民房，这里就是学生们的家、老师们的家。龙塘教点很小，一小块水泥地操场，有个小篮球筐，一栋三层教学楼加办公楼，旁边还有龙塘幼儿园的小楼，教学楼旁有个小厨房，厨房里东西很少，摆放整洁。学生们把饭菜桶提到教室，盛好饭吃完之后下楼洗碗。教学楼后有简陋的瓦房厕所。学校与外界没有严格的分界，厨房后面、厕所院子都能直接通到外面，看到外面的山和小溪。小溪的水是流动的，青绿色的山被稀疏的云雾覆盖，像是一幅水墨画。

龙塘教点

学校里面只有一、二年级，同学们中午吃完饭也不睡觉，在外面愉快地玩耍，坐在地上，躺在地上，或者不穿鞋在雨水中疯跑，感觉是那么的自由，无拘无束。问他们平时老师都讲什么，他们就大方地告诉我上课讲什么，作业是什么。孩子们不认生，会站到旁边看我们拿手机看什么，照什么。有几个女孩子还慢慢移动到我身边，趁我不注意，突然跳起来跟我比高。好天真、好活泼的一群孩子，大山里的孩子，大自然里的孩子。看到他们，我突然更能理解我班孩子在新学校里的不适应。他们不再能够天天回家，他们要学更多规矩，他们要穿鞋走路，他们不能随意在地上躺着坐着，挖塑胶跑道会挨训。可是等长大了，要承受更多，他们必须适应。

老式钢板上课铃

二小校运会开幕

2015 年 11 月 24 日　星期二

　　长青二小首届校运会隆重开幕了。然而，老天只给了半天的面子，上午是晴天阳光灿烂，下午就下了雨。一开始还是小雨，后来一段时间下得好大，接着又变小雨。一场雨过后，上午的温暖不复存在，空气变凉了，感觉一下就降温了。这里以一场雨作为冷暖的转折点。

　　晚上先去教学楼转了一圈，处理了一些事情之后又去两个学生宿舍楼转了一圈。走到女寝三楼里面，老远听到有人边喊"朱老师来啦"边跑回寝室。咦？这不是我班孩子啊，怎么认识我呢？走进该寝室，我问她们是哪个班的，原来我进的是三（1）班女生寝室，便跟她们聊了会儿天。她们问我怎么不去给她们上课，我说这得看学校安排。我们开心地聊了很久，还一起做了小游戏。

　　老宿舍楼住的是高年级孩子，长得高的都快超过我了，被我发现还有孩子在打闹，我严肃地让他们快点上床睡觉。

　　其实今天印象最深刻的，还是在赛场上拼搏的孩子们，弱小的身体隐藏着巨大的能量。

运动会有感

2015 年 11 月 25 日　星期三

　　丹寨县长青第二小学第一届冬季运动会历时两天，终于落下了帷幕，这次运动会的举办，可谓是一波三折。原计划一天完成，但是天公不作美，下午上课后下大雨，导致场地湿滑，举行了一半的运动会无法继续。一场雨过后温度一下子降了近20℃，昨天一直阴天，虽然寒冷，但是没下雨。学校抓住机会，下午一上课，就放集合音乐，让学生们到操场集合。下午的项目有50m决赛、迎面接力、16人集体跳绳、三人四足、定点投篮，还有拔河。

下午一开始还算顺利，但是举行到集体跳绳的时候问题就多了。首先绳子不给力。16人是分两排并排站好一起跳，学校没有那么长的绳子，就用两三根绳子接在一起。但是这绳子不结实，两头老师甩着甩着，绳子突然断了，那只能重新系起来，打结处可能还会影响在那个位置起跳的学生。其次，是学生不太给力。要么配合不默契，要么精力不集中，跳早或跳晚。还有的学生鞋子跳掉了、红领巾掉了、发卡掉了、钥匙掉了，有的不小心绊倒了，总之各种情况都有。一般正式开始前会让参赛组试跳几遍，感觉可以了再正式开始。有的班学生试的时候，一开始好几次跳不成，好不容易可以连跳几个，待正式开始后又不行了。有的班试验看哪个老出岔子临时换人。不过多人跳绳的确也不容易，自己要保证跳得高，跳过去，还不能影响旁边邻近的同学，甩绳子的老师也不容易，起一下蹲一下，就为了让绳子到地时尽可能低的从孩子们脚下滑过去。一年级的小孩子也蛮拼的，个子不高也要努力蹦得高。最后不给力的就是天气了。跳绳才比三个班，到最后一个五（2）班时，他们本来课下练得不错，所以也没试几遍就正式开始了，可是绳子断了，成绩不算了，重新开始后绳子又断了。第二次系绳子的时候，天空干脆下起了雨，估计此时五（2）班老师和学生内心都是崩溃的。没办法，没比的还很多，只能先上楼。这会儿是3：20，刚刚好把我两节语文课空过去。

天空也是有意思，学生们上楼在教室里椅子还没坐热呢，雨停了。好啊，又放音乐召集学生们下楼，抓紧时间接着比。五（2）班跳的个数不少，可是没能拿第一，应该跟今天的波折有很大关系。我们班的跳绳，拿了倒数第一，还没有一、二年级跳得多，因为课下练得少。

现在来说说三人四足，这个项目我班女生勇夺第一。可是男生就不行了，可能还是欠缺技巧吧，刚一开跑就摔倒了，三人连忙站起来，结果成绩垫底了。反过来男生擅长而女生失利的，就是定点投篮，每班五男五女，各在五处位置投篮，我班女生一共进两个，男生进10个，总分12个，虽然成绩不太好，可大家都玩得很开心。

最有意思的是拔河了，可谓是带动了全校的热情，第一次出现高潮是四年级两个班的比赛。本来感觉胜负快要分出时，那快输的班级竟突然把

117

运动场上，我们都很棒

绳子拉回一截，接着两个班僵持不下，拉锯战持续了好久才分出胜负。到了三年级两个班，我们班虽然个体项目成绩不佳，没想到群体的力量还是蛮大的，两局都赢了三（1）班。第一局赢得比较容易，第二局换了场地，中间差点失败，但是大家不放弃，拽着绳子使劲往后拖，还是赢了。当时我那心情也是紧张，感觉嗓子都要喊哑了。赛后李明林老师也很激动，学生们一个个举起红了的小手给我看，脸上都是笑着的。两局下来，学生们也很累，加上天气凉，之后跟四年级的比赛，没能再胜，但是大家感觉很快乐。

这两天我给学生们拍了许多照片，女生们喜欢围在我身边，又想看我拍照，又不好意思被我拍，一不小心看到我镜头对着她们站着的方向，就捂着脸笑着跑着躲开。她们说我老是偷拍，我说那是正大光明地拍，是用来留念的，以后放给他们看。我拍下了好多同学认真的表情、拼搏的身影，拍下他们的笑脸，最后我要做个影集给他们。昨天有女生说，运动会真累，比上课还累，不过我猜，他们心里都是快乐的。学生们毕竟还是坐不住啊，从他们一听集合的音乐喊叫着兴奋得跑下楼就知道了。

今早晨读开始上 29 课《掌声》。我说昨天跑步，虽然有同学落在后面，可仍坚持跑完全程，这就值得我们为她鼓掌，因为这是她战胜了自己。其实本来只是想说说自己对昨天看到这一幕的感受，因为昨天王万媛跑步，在第一个拐弯处鞋子掉了，她马上穿好鞋接着跑，虽然已经落在后面，可她就这样坚持跑完了。平时安静的孩子，遇到事情以后，还是有着韧性和力量的啊。我当时特别感动，在她跑完以后马上走过去看她有没有伤心。今天早晨说着说着，临时想到用这件事给我的感受来作为第 29 课的导入，最主要的，我是想让学生自己感受一下坚持、毅力、战胜自我的美好。我告诉他们，凡是参赛的人，不管是否拿到名次，都尽力了，哪怕抬不起腿，喘不过气，只要为班级付出了，就值得骄傲。

孩子们虽然上课回答问题没几个积极的，很多点名问到字词都答不好，好多上课不集中精力，下课不按时交作业，但是一到课下，大家都变得活跃，爱讲话，上课被我点过名的也不怕我，可能我本来就长得很温柔吧。

119

小小明信片

2015 年 11 月 26 日　星期四

今天我连上六节课，发现自己还挺能讲的。

下午给学生发明信片，告诉他们要感谢社会上捐钱资助贫困山区孩子的叔叔阿姨，通过这小小的明信片传达自己满满的谢意。因为有了这些叔叔阿姨对孩子们的关爱，我们才能给孩子们发鞋发手套。看李兴常写字，发现倒插笔画现象很严重。他一开始草稿写的感谢四位支教老师的到来，我跟他说，对老师的谢意老师心领了，然后告诉他这是发给社会捐款的叔叔阿姨的。同学们写的时候还是很欢快的，这个年纪，还只是纯真地写着谢谢，虽不见得对感谢的理解有多深刻，但是肯定也是心存谢意的。孩子们写的时候还不好意思给我们看。其实我也是个不好意思说感谢的人，总把感谢藏在心里。也许我也应该把自己对相遇之人的感谢表达出来，不如回去以后就尝试着动笔吧。

我们有手套啦

今天的太阳一直躲在浓厚乌云的后面，不时地露一下脸，空气特别凉，办公室最冷，教室里人多暖和，不过味道大。寝室里还好一点，我给寝室通风的时间越发少了，尽量维持温度。

感谢叔叔、阿姨

献 爱 心

2016 年 3 月 3 日　星期四

上午，学校利用课间操时间，举行了师生爱心捐款活动。昨晚的雨似乎是在为这次活动做准备，洗净了尘土，今天的太阳也不是那么耀眼。这不是第一次捐款了，上学期为一个患有白血病的儿童捐款，事先不知道，还是临时回寝室拿了钱，那时候自己手里的零钱也不多了。这次捐款，是为一个食堂阿姨，她从二小建校起就在食堂工作，这学期因为肺癌中晚期离开学校了。生活在学校里的师生，可以说都是受过这位阿姨关怀的。昨天听到旁边老师说起捐款，就问了事情缘由，准备好了钱。

今天捐款过后，听赵砥说起孩子们在捐款这件事上存在攀比心理。实际上，这种心理在孩子身上确实容易出现。我理解他的意思，其实孩子们也知道帮助他人是件很光荣的事，但也要进行正确的引导。首先，捐是应该捐的，因为阿姨工作不容易，是我们的身边人，跟我们一起生活过的人，现在人家遇到困难，我们理所应当贡献力量。这也是引导孩子们献爱心，关爱他人。其次，力所能及，自愿捐款，要让孩子们知道捐多捐少都

121

捐赠仪式

是一份心意，而这种善举不能与钱财多少画等号。所以孩子们应该知道，捐钱多，也没什么大不了。上次捐款我们捐的钱不如当地老师多，赵砥还被班里学生笑话了。我说这就得进行正确引导了，这是观念问题。师生捐款，看重的应当是那一份无价的爱心，而不是比钱多少。

安 全 演 习

2016 年 3 月 15 日　星期二

下午学校组织学生进行了火灾逃生演习。先是全体师生在操场集合，接着安排一半学生去寝室，代表火灾发生时在寝室的人；另一半学生进教室，代表火灾发生时在教室的人。待学生就绪，演习正式开始。警铃响起，负责教学楼、寝室楼秩序的老师们，帮助学生有秩序地下楼，跑去操场。别看只是演习，学生们的热情很高呢！他们用湿毛巾捂住口鼻，迅速而有序地跑下楼梯，几路纵队基本上同时出楼，仿佛几条湍急的河流汇聚般，一齐冲进操场。站好队，演习结束。老师统计时间，这次演习用时 9 分多钟，比去年演习时的 7 分多钟要多，故又进行了第二次演习。第二次演习的时间缩短，7 分 2 秒。这是在同学们有准备的情况下进行的演习，那么，如果事先没准备呢？

老师总结，这次演习，同学们基本上知道了逃生要领和过程。但是上周的时候，有次课间，学校突然响起警报声，学生们就没有放在心上，只以为是故障之类的，故没有人做出逃生行动。为什么呢？因为老师没安排啊！说明大家安全意识还是差了些。我们要珍爱生命，更要知道，遇到特殊情况如何冷静应对。之后，由老师讲解灭火器的使用方法，并进行了现场演示，还请了两个男同学和两个女同学上台操作。学生们看得津津有味，已经

地震逃生训练

火灾逃生训练

灭火训练

顾不得站队，都想靠近一些。看到灭火器喷了好多下都不能完全喷灭纸盒里的火，大家伙还跟着起哄，欢呼，大笑。可见，学生对新奇的事物很有兴趣，但是真遇到危险，哪还有这心情。演习只是演示了行为过程，安全教育还需进一步加强。

今天的第二个活动，是道路安全教育。校长发表讲话，讲解了简单的道路安全知识，行车或步行规则等。其实这两周一直都在进行安全教育。的确，生命无可替代，学习各种安全知识，是对自己负责，更是对家人负责。

集体首秀，朗诵训练篇

2016 年 4 月 11 日　星期一

历经两个星期的精心准备，长青二小首次经典诵读比赛终于在一个给力的艳阳天举行了。又一个让我们赶上的第一次，上次是运动会。凡第一次，总有很多东西可以记录下来。

上周一，少先大队部就出了策划，计划周五就举行比赛的，然而天气一直不太好，就改到了这一周。不过上周一例会提出让老师们好好准备，还是给这次比赛加了一把火，也确实在今天让大家看到了各班的努力和付出。

发布消息的第一天，我便开始准备，当天就上网查了一下什么是经典诵读，以及经典诵读都包括哪些篇目。之后发现严格的"经典"其实就几篇，范围扩大一点，我发现了本册书的一篇课文——《咏柳》。唉？这不现成的嘛，而且确实很经典！依照我班学生的情况，现背一篇新的文章是不太可能了，于是我便锁定了这首大家已经背过的诗文。一首诗太简短啦，怎么朗诵出特色呢？网上搜寻"诗朗诵《咏柳》"，果然有类似的视频。于是我从中获得灵感，初步设想了这首诗的表演思路，那就是间断性重复加男女分读加单人朗诵。第二步，排队形，全班 38 个人该如何安排？我先在纸上画了草图，至于具体效果，要等真正开始排练再调整了。第三步，根据队形草图写出朗诵稿，何时单独朗诵，何时集体朗诵，集体分男女或是左右。这样考虑下来，不算中间的只重复后两句或者最后一句的情况，完整的也有 5 遍了，但是似乎形式有点复杂，可能学生不太好记忆，背着背着容易混淆。第四步，寻找配乐，我也是在电脑和手机上选了好一会，才挑到一个感觉比较合适比较优美的。嗯，基本元素已有，就看实际训练了。

训练第一步，全班齐练。虽然大家已经背熟了这首诗，不过也只是背，大家似乎很难带感情朗读或背诵。也许个别同学能够较好地体会诗的内容，但是一到全班齐背，就真的只是背了。既然感情表达不出来，我就只能先降低要求，让他们一句句地跟着我，背得慢一点，仔细体会我背诗的速度，通过个别字的拖音来控制节奏。大家认真起来还是有点进步的，至少齐背时不会那么快了。

训练第二步，挑选单人朗诵。我找了几个印象中声音比较洪亮、比较好听、咬字清晰、说话利索的同学。让他们每个人都站在我面前背一遍诗，要求尽可能大声，尽可能有感情，大大方方正儿八经慢慢背。我就闭着眼睛听，仔细品味他们背出的感觉。印象比较深刻的是这学期转来的李明龙，他是唯一一个具备吟诵感的同学，其他人可能说好几遍都控制不好节奏，不知道是因为自己背的时候害羞还是怎么的。但是李明龙不一样，他上来就背得慢，而且听起来是想背出那种抑扬顿挫、满含深情的感觉。所以第一轮我能敲定的就是他了，又听了两三遍，排除了一部分同学，剩下四男两女。我嘱咐他们天天自己找时间好好练练，尤其是字词发音、平翘舌，还有节奏。

训练第三步，排队形，按计划各种分读，看效果。这一步就是要大家集中精力，为了集体荣誉共同努力了。虽然总有那么几个调皮的孩子喜欢在里面捣蛋，不过多数人还是知道这是个关乎集体荣誉的大事，不练好就要在全校面前出丑了。这一步的排练肯定不是一帆风顺的，其间我需要不断指导大家的朗诵节奏，指导单独朗诵同学的情感表达和声音大小，不断提醒放慢速度，还有队伍如何对齐，如何自己进行调整。之前的朗诵初稿肯定也不是一步达到的，因为这里有一个重大问题，就是大家老数不清背几遍了，不知道哪里该自己接上，哪里背题目哪里又不要。可能我的稿子还是复杂了一点，学生们一边想着怎么背，一边想着背到哪里了，确实不容易。这没办法，只能是微调，然后硬记住了。

训练第四步，加音乐。音乐果然是神奇的，而且实践证明，我挑的音乐还不错。孩子们的朗诵加上音乐，感觉变得优美了许多，兴许他们受到音乐的感染，也加入了更多的情感吧。这一步主要是让大家熟悉什么时候开始朗诵，中间间隔时间等。

训练第五步，谢幕。问谁的嗓音大，大家推荐李兴常。李兴常受到大家的推荐，面带微笑，略显害羞，又睁着亮晶晶的大眼睛满含期待地看着我。看李兴常平时也挺活跃的，那就他吧。可惜啊，看着活跃，怎么一到正事上言语动作就显得有些小气呢！说让他喊口令大家一起鞠躬，可他声音小，后头老听不见，一开始是老忘，提醒了多少遍，记住是快记住了，声音还是放不出来。本来站得好好的，一开始喊口令，他的腿就开始抖，说了好几遍，似乎很难控制。可能是感觉自己有点像代表众人在发号令吧，所以有些害羞不自在。

这样下来，基本上就差不多了，就等着周五比赛了。班里每个人为了集体活动而付出，似乎也是头一次呢。

周四晚上听赵砥说三（1）班拿着纸上去朗诵，题目是什么忘了，感觉是很严肃的题目，赵砥问我班是只朗诵古诗《咏柳》吗？我说是的。他觉得太简单了，其实说实在的，虽然加上了不同形式的朗诵，确实还是单调了点。不过没办法，又不想耽误新课，而且周五就上场了，孩子们好不容易熟悉一点，没时间改了。

结果晚上下了晚自习回到寝室一看手机，就发现教师群里发了消息：由于天气原因，明日比赛改到下周。正好可以调整充实选题的内容了！于是我当即上网搜索关于柳树的美文。最终，我找到了与诗句相关的内容，进行了拼凑、整合、调整、修改，减少了原计划里的诗句朗诵遍数，只留了单人的一遍，集体的一遍，把现代文内容插入其中，形成了古现代结合的朗诵形式，整体感觉还挺优美的。

我把稿子写进文档，每句前面标上谁读，朗诵形式上只保留了男女分读和单人朗诵两种，计划周五把稿子打印出来发给学生。这下应该好多了吧，看着稿子，也不用使劲记哪里到谁读了。

朗诵比赛篇

2016 年 4 月 11 日　星期一

有了前两周的训练和打印出来的稿子，基本上就处在间隔性训练和上着新课等待定下比赛时间的状态。有了稿子，学生们适应得还算快，我只把一些生字词和发音不准确的地方教了一下，又注意了朗诵速度的控制。然而这一周也就在我对学生的"不知道什么时候比"的回答中过去了。终于在又一个周一，早上升旗仪式结束，叶碧佳老师宣布今天下午举行诵读比赛。来得好突然，孩子们一下子兴奋起来。抽签抽了个"10"，最后一个上场。同样的内容已经练了一周多，看似一切已准备就绪，其实越到比赛前越是混乱。

一中午的时间肯定要用来做最后的排练了。当我吃完午饭回到教室，班主任李明林老师已坐在讲台上翻着我的语文书。他终于在沉寂了两周之后，问出了我觉得他早该关心的问题："朱老师，朗诵排了没有？""排了啊。"李老师接着说："中午得再练一下。"我答："我也这么想的。您要留下来看吗？""啊，我留下来看看。"

学生差不多都回到了教室。我开始提醒大家，穿上校服，系好红领巾，找出那张重要的半截纸，在心里回想一下自己朗读时应该注意的地方，整理好自己，到教室后面列队排练。

为什么说反而临近比赛又容易慌乱了呢？因为临近比赛就会发现还有

好多不足。谢幕有了，我突然觉得开头直接念太突然，于是临时加上了集体问好和单人报幕。喊口令的人让李明龙代替了李兴常。朗诵中要注意的细节只能指望大家到时候正常发挥了。

　　排了两遍，问李老师有没有什么看法和建议，他说让几个没穿校服的同学下场，不要参加了。我觉得这样不太好，大家一个班的都有权利也都有义务为集体付出。更何况，上了台大家都会严肃起来的，应该相信孩子。虽然知道李老师也是为了整体效果这么说的，不过我还是笑着解释了一下拒绝了，他也没坚持。反正我是不会轻易让孩子们的第一次集体努力泡汤的。

　　最后的排练就是去操场上练出入场。到现在才考虑到出入场问题，也是我的疏忽。包括到了楼下站好队，我们都是在凭着想象指导孩子们如何有序地入场出场，从哪入从哪出。我是拷贝音乐的时候知道没有硬性规定必须从哪进从哪出，但是我忘了问一下各班座位安排了。因为现在我们是想着空间很大，全班站好队一起入场，但是后来比赛开始就后悔了，因为各班围了一圈，两班之间的空隙根本不足以进五排的队伍。我也没有提前问一下话筒的事。唯一庆幸的是有催场老师和学生的帮忙，才使我们没有临时乱了阵脚。

　　比赛进行到第八个班的时候，我就叫同学们出来站队了，并嘱咐大家如何进场退场，嘱咐两边的女生单人朗诵时提前走到话筒前。问大家明白了吗，都说明白。不过我显然高估了大家，也可能因为大家第一次在那么多人面前演出，感觉有点紧张吧。

　　从入场就开始出问题，第三排的王万媛本来应该接着第二排末尾进场，结果第二排刚开始走她也跟着要带着第三排走，中间可能犹豫着停了一下，我以为她意识到问题了，刚要松口气，结果王同学突然下定决心迅速跟上了第二排排头的脚步，结果弄得队伍有点混乱了。

　　进场后，我跟王伦俊老师先去调话筒，顺便让孩子们调整队伍。本来跟第一排说带到离话筒近一点的地方，结果他们站定，离话筒好远。我刻意把支架上的话筒放斜一点，这样两边的女生上前来好对着话筒。万万没想到这是给自己挖了个坑。

　　调好话筒，我退后，刚准备给李明龙开始的信号，结果音乐突然想起来了。按照我们的计划，应当是问好—报幕—放音乐—正式开始。结果音

认真朗诵的孩子们

129

乐一响，学生也愣了。我赶紧跑到小杨老师那里让他停掉音乐。他八成是忘了我嘱咐过他，该放音乐的时候再放的事了。关掉音乐，朝李明龙点头，这孩子没反应。我比着动作比着口型，示意大家说下午好，同学们这才反应过来，大声问好。接着李金妹出队简短报幕，回到队伍。让小杨老师放音乐。李小玉按照计划出队，走近话筒，朗诵第一句。但是因为话筒比她矮，所以她为了凑话筒就弯了点腰，而且因为话筒我之前斜着放，她就站斜了一点。到最后王岁月出场单人朗诵一句，她也是斜着站的。

比赛前李金妹还问我紧张不紧张，我说我紧张什么啊，李小玉说她也不紧张，李金妹紧张。我安慰她"重在参与"。看来很少参加这么重大的活动，感到紧张的孩子还不在少数呢。

还了借来的校服，孩子们回到座位上。出乎意料的，我班获三等奖，李金妹可惜地说："就差一点。"其实孩子们的表现已经很让我惊喜了。

回到教室，我发表了感言，表达了自己的喜悦，说第三没关系，大家的付出得到回报，也让我刮目相看。名次不重要，重要的是大家一起为了班级而努力的过程，同时也提高了朗读水平，加深了对诗词的理解。今后要收心思放在学习新课上面了。

总的来说，结果还是挺不错的嘛！第一次难免出岔子，以后参加多了，就好了。到此，长青二小第一届经典诵读大赛圆满落下帷幕。

然而，这时的操场却热闹起来了。因为活动关系，音响电脑都搬下楼去了。活动结束以后，几个老师问有没有学生点歌的，一开始的时候还没什么人唱，放了几首歌之后，学生们也活跃起来，尤其是五六年级的孩子，点歌合唱。其他人就把帐篷那一圈围了个水泄不通。孩子们也不害羞，不管唱得好不好听，懂不懂歌词的意思，情歌大声唱出来！整个校园一片欢声笑语，好热闹！

六一，孩子们的舞台

2016 年 6 月 1 日　星期三

今天是个好天气！蓝天白云。微风吹着很凉快，但是太阳露脸的时候，就非常热非常晒了，很有趣的天气。这一周，孩子们应该会觉得过得很快很难忘吧！为什么呢？当然是因为周三是六一儿童节啦！一年一度儿童节，为了让孩子们有开心的一天，老师们可是早早就忙了起来，准备了几乎一个月。这周上的课也少，因为很多时间用来排练、彩排。周一周二晚上学生都练到快到睡觉的点才回寝室。

今天一早，学校里有车的老师都出车了，八辆车接来了龙塘教点两个低年级班的学生。这是二小并校以来，第一次把教点的同学接上来一起过节。今天他们从吃早饭到晚上睡觉，都在二小。因此，晚上会有低年级学生两人睡一床。

老师们为了让学生更好地过六一，也是年年费尽心思，不断改进。就此次安排来讲，活动时间安排还挺紧凑的，内容很丰富，包括少先队员入队仪式、文艺会演、体育比赛、书法比赛、美术比赛。书法、美术比赛是这周提前完成的，其他活动均安排在今天举行。上午有县领导、乡领导、村领导来慰问学生并观看文艺会演，包括舞蹈比赛、合唱比赛。

会演之前还有一项活动值得关注的，那就是少先队员入队仪式。一年级的小学生在仪式宣誓之后就成为光荣的少先队员了。也许他们还不完全懂得这个仪式意味着什么，有何意义，不知道宣誓词是什么意思。但是，他们都很认真地入场、被高年级的哥哥姐姐戴上鲜艳的红领巾，右手握拳宣誓，最后高声喊出"宣誓人"——自己的名字。至少他们知道，这一

少先队员入队仪式

刻，他们是全校的焦点。回想自己小时候成为少先队员的情景，其实记不清当时的过程和说过的话，唯一清晰的，是自己被戴上红领巾的那一刻：我也是一名少先队员了，以后也要天天戴红领巾了，突然就觉得身份不一样了，有一种莫名的荣誉感。还有自己也曾给低年级学生亲手戴上红领巾，那时候也是蛮骄傲的，感觉自己为壮大少先队贡献了一份力量。

接下来进行文艺会演，不论年级高低，大家都是认真准备过的。学生们今天穿着整齐，还化了妆。六年级学生带来了最有特色的锦鸡舞，动作整齐划一，编排与之前看过的民族舞比赛又不完全相同。还有民族歌曲合唱，加入女生为评委端酒的情节，再现了苗族姑娘对客人劝酒的民俗文化，真正是体现了"祖国好，家乡美"的主题。此曲结束之后，竟然有一个女生端了一小杯米酒来给我。一开始我还有点拒绝，但是苗族学生来敬酒，我都不好意思再说"不"了，只能接受了她的好意。

节目表演

下午是体育比赛，有接力、拔河等6项团体赛。火热的天气，火热的呐喊。学生们头顶着太阳，比赛时却一点不敢松懈，坚持到最后。

饭后，学校举行了圆梦六一礼品发放仪式。这是由我们支教团负责的部分，提前收集了全校每个孩子的心愿，根据孩子们的意愿用募集的善款买了儿童节礼物。每个孩子都拿到了一份自己的礼物。一份小小的心意，希望带给孩子们惊喜。一年的支教时间马上结束，思想上的影响只能放在平时，融入学习，融入生活。物质上的帮助也不很多，有限的力量之下，还是希望能尽量多送给他们一些。希望我们走了之后，他们会怀念我们，不是因为送给他们东西了，而是怀念我们讲过的话和对他们的期盼。

从六一就能够看出，虽然孩子们生活的地方比较偏僻，长大的这块土地比起北上广来很少有人涉足，但是这里也还是有能歌善舞、精通琴棋书画的人才。今天，他们在自己的舞台上绽放了自己，不管最后是否获奖、结果如何，但事情的关键是重在参与，开心就好。愿孩子们将来回忆起自己的童年，都能笑着说，那是一段美好的日子，自己敢想敢做，努力地充实着童年生活，我的舞台我做主。

所有活动结束之后，已经很晚了。老师们安排龙塘的学生睡觉，收拾场地，一切安排妥当，才去休息。真的是繁忙而充实的一天呢。

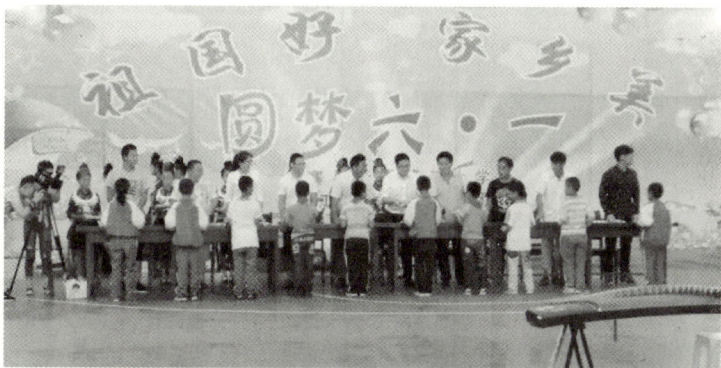

发放圆梦礼物

133

六 一 后 续

2016 年 6 月 2 日　星期四

　　六一儿童节的庆祝活动延续到了第二天。昨晚几个会演的好节目结束之后，时间已经不早了，于是没有进行独唱比赛，挪到了今天上午，我还是评委。独唱比赛很是精彩，孩子们都唱得不错，敢于唱，敢于表现，这就很好。有些同学加入肢体语言，很有明星范啊！我班孩子也有两人参加了独唱，一个男生李嘉福唱了筷子兄弟的《父亲》，这是他自己选的歌，虽然跟高年级的两个同学重复了，但是他唱得并不比两个哥哥差，能听得出他在努力体会和以自己的方式表达歌曲的情感。还有王金叶唱了一首儿歌，声音洪亮，嗓音甜美，充满了童真童趣。

　　之后就是剩下的体育比赛，比较新鲜的是筷子夹弹珠和板鞋比赛。夹弹珠对于低年级学生来说，看似简单，其实还是挺考验掌握力道以及心态控制的综合能力。有的学生试夹的时候能夹好几个，真到比赛，由于紧张，手一直在抖，怎么都夹不起来。有的学生比较淡定，试夹的时候手放到筷子哪个位置，两根筷子夹角多少，比赛时也控制不动，就直接让玻璃珠从中间插入，稳稳地夹出来。还有的学生利用盆的边缘阻挡夹起小玻璃珠，把它夹出来。

筷子夹弹珠

134

板鞋是学校老师亲手做的，一条长木板，上面每隔一定距离，装一条宽皮带，两端固定在木板条两边，学生的脚可以穿过皮带，利用皮带带起木板往前走。真正的难度在于三个学生穿上同一对板鞋，一起往前走。比的就是三个人的协调能力、配合能力、腿脚力道使用能力，应该说板鞋比四人三足还要难一点。

其实像这种稍微带点趣味性的比赛倒是比大热天跑步要好，你们说呢？

板鞋比赛

◎ 做好孩子们的后勤

开 学 准 备

2015 年 8 月 30 日　星期日

这是来丹寨之后的第一个艳阳天。明天就要开始报到了，最近两天开学的准备工作正在紧锣密鼓地进行着。

学校天天开会安排工作，从教师年度考核、学年成绩公布、传达学习上级教育文件，到任课教师确定、岗位负责人竞聘、制订新学年工作计划等，事无巨细。这两天老师们放弃了周末休息，都聚在一起开会和讨论问题。

打扫食堂是所有老师齐心协力完成的。擦桌椅，用铲子铲地上的干水泥，洒水，撒洗衣粉，用硬毛扫帚慢慢消除地上的污渍，最后清洁两遍，把脏水扫出餐厅。手都磨出泡了，但是很有成就感。老师们都是在尽心尽力地收拾打扫呢。这一切都是为了迎接孩子们，让孩子们有个舒心的学习、生活环境。

清理完毕的教室

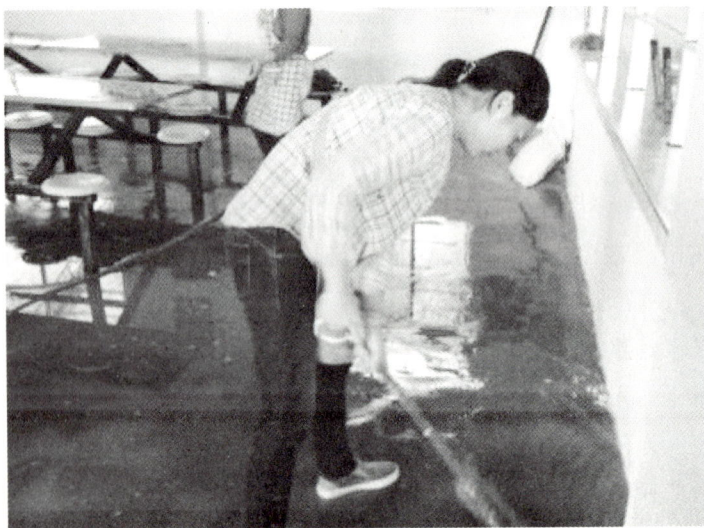

食堂大扫除

136

新生报到通知上写明了报到时间、需要的证件、需自带的生活用品、收费项目。这是老师用毛笔在红纸上面写的，就贴在学校大门口。

学校还新开设了一个食堂，原本只有1－3年级学生可以在食堂吃饭，4－6年级学生是打了饭在教室吃的，现在大家都可以在食堂就餐了。

校内的草地上新摆设了一些要刻字的大石头，是学校书法协会的老师亲自写上，然后找人刻出来的。

报名册已经打印好，还差黑板报，这个还是先不弄了，等明天做好报到工作，分好学生宿舍之后再说。

其实对于管理班级和教学，我还是很陌生的，不过既然被安排做了班主任，还是要尽力一步步地做好。

学 生 报 到

2015 年 8 月 31 日　星期一

报到第一天，压力就随之而来。

从早上开始就在班里迎接学生及家长，报名登记，我一个个地翻户口本，记录学生信息和钞票编号。报名持续到下午，这个过程中最令我感到痛苦的是语言不通。在与孩子爷爷奶奶辈的人交流的时候，需要孩子或者其父辈的人进行翻译。好在这个班的学生好多都是同乡同村的邻居，孩子们、老人们相互认识，给交流减少了好些难度。

其实报名是应该在老师办公室进行的，但一开始李明林老师把学生和家长都带到了班里，所以我就在班级里进行报名工作。可之后同事几次来通知我说下楼工作，我也表示我走不开，学生和家长都等着。后来我跟家长们说请他们稍等，就到楼下跟主任说一下，可有的家长不肯理解，质问我说这么多人等在这里，你怎么好意思下去！我当时心情真的是好复杂，感觉自己那么忙还被误解。我跟家长们说我也真的想尽快登记完。后来还是电话委托赵砥帮我向主任说明。

在报名中我发现了几个问题。好多孩子写字有倒插笔画的现象，普遍且严重。有的已经不是简单的笔画问题，而是对字形的理解问题，我想我要把对字体笔画的理解教学列为我今后语文教学的一项重要任务。另外，他们替不会写字的爷爷奶奶写字的时候，我发现好多孩子手指甲比较脏。其实这我能够理解，我摸了一上午的钱和表格都会感觉手上好脏了，更何况他们跟着家长老远走过来报到，而且他们在家的时候应该还干些家务活甚至农活，但我仍打算今后多关注孩子们的个人卫生问题。

还有问到孩子的父母是在外地工作还是在家的时候，有老人直接说："他妈妈跑了，爸爸在外地。"刚听到时我愣了一下，后来反应过来，孩子估计是在单亲家庭成长的，让我没反应过来的大概是他们说"跑了"的时候那种随意、不在乎的语气。这事儿我都不好意思再问第二遍。也许外界看来这是件家里的丑事，但他们说得如家常便饭。还有令我心疼的是，下午一个女孩子报到时，我问道："你的爸爸妈妈呢？"她说："妈妈跑了，

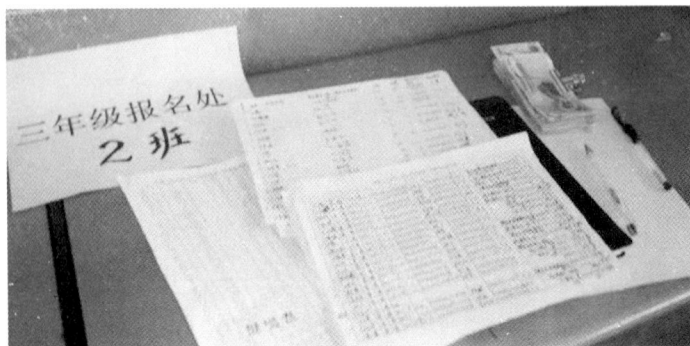

登记注册

爸爸在外地。"听到孩子亲口这样说又是另一种感觉。因为可能从她开始听懂大人讲话起，别人就告诉她妈妈跑了，所以她自己说出来也就好像在说"我今天吃过饭了"一样平常。也许她根本不明白其中的缘由，这意味着什么。

翻看学生户口本时我发现，好多都是爷爷辈的人到孙子辈的人三代住在一起，户主可能是孩子父亲或母亲或爷爷，有长女、长子、次子等。可以想象，正如学校周边我所看到的居民一样，他们的家里应该也是两三个老人带着一群孩子住在一起，孩子的父辈出去打工，孩子可能早晨起来赶赶鸭子、赶赶鹅、遛遛马。

食堂中午没有给所有学生正式安排饭菜，这是我后来才知道的，当时我感觉特别对不住孩子们。有几个孩子的家长交了钱就离开了，那么孩子中午饭可能没着落。好在后来我看到有专门给孩子打饭的食堂阿姨，但是不知道去食堂的那是几年级的孩子。

下午分了宿舍。起初我是跟他们讲报到后就去宿舍随便找个床收拾床铺，但我没有登记也没有细致安排。这就造成后来的问题，早去的学生已经收拾好住在下铺，晚去的想睡下铺又没有床位。加上我班女生实际人数和最初的人数不相符，导致协调宿舍出现了一些纠纷。最后协调的结果是我们班女生分布到三个宿舍。有两个女生白天收拾好了床，晚上又被迫换到了另一个宿舍。我原本认为她们会有抵触心理，然而令我感到欣慰的是，她俩很坚定地告诉我说可以睡上铺，没有表现出不开心。晚上查寝室的时候，我和陶洁老师帮她们收拾了床，换了屋子。男孩子们也都乖乖上床躺好了。

想起下午学生吃饭是个大事，对我班学生来说，这里一切都是新的，对我来说也是新的。我让他们站两队，女生一队，男生一队，由于男多女少，我让几个男生站到了女生后面。一开始，两对同学站得很远，中间隔的距离让他们看起来都不像是一个班级的。我让两队同学都往中间靠，他们还不好意思。我感觉他们长大了，对于男女生之间正确交往的引导就变得重要了。进入新食堂二楼坐好，相对于其他班来讲，我班学生就比较安静听话。也许他们对于新环境也感到陌生，放不开吧。没关系，以后我会是保护这群雏鹰的老鹰。

春 晖 预 备

2015 年 10 月 12 日　　星期一

　　这两天，支教团丹寨分队的捐助活动要开始了。为了让孩子们过一个温暖的冬天，我们打算为孩子们筹款买鞋。活动一出，大家都有事做了。这两天 QQ 群、微信群都被"让孩子们有鞋穿"的链接刷屏了，社会各界人士也都积极捐款捐物，三天时间已筹得 10000 多元。除了原计划的买鞋，还余下一多半买些其他的东西。捐款比预想的多了许多，虽然也有我们家人朋友的支持，但这更是对我们支教的支持，对孩子们的支持。

　　此次发鞋我们采取奖励机制，发给每个班的优秀学生。虽然不是每个同学都能得到鞋子，但我们的出发点是好的，也希望这样可以给大家一点激励。

夜 路 家 访

2015 年 10 月 16 日　　星期五

　　晚上在陈伟老师姑姑家吃过酸汤鱼，叶碧佳老师就带着我们去今天最后一个要家访的学生家里。路上黑漆漆的，几乎看不清地面，路很窄，两边都是林子和草丛。道路虽黑，却有淡淡的银光洒下来，抬头一看是满天的星星，感觉密密麻麻的，别说现在的城市里看不到了，就算是儿时空气质量比现在好，晚上也没有看到那么多星星。星星点点的小白亮点之中，还隐隐约约看得出银河呢。路的两边草丛中偶尔出现亮光，一开始以为有人藏在里面抽烟，但是光在动，却没有人。原来，那是萤火虫呢。

　　路上遇到好多狗，大的小的，有的大声叫着从路中间跑到路边，有的经过我们时从嗓子里发出咕噜咕噜的声音。它们都是自由的，没有绳子拴着。

　　那个学生的父亲在半路迎接我们，接下来的路途崎岖，他开来了农用车带我们去，男老师坐露天车厢，我和叶老师挤在前座。道路坑坑洼洼，非常颠簸，我坐在前面座位上抓着摇晃的把手，生怕一个不小心自己从窗户翻出去。

这家有三个孩子，两个女孩，一个男孩。男孩最小，上一年级；两个女孩一个初三，在县城二中；一个三年级，很是面熟，就是在赵砥代课的三（1）班里给我印象最深刻的小女生。真的是小女生，她的个子是班里最小的，每次见到我，都停下来，睁着大眼睛，在浓浓的眉毛的衬托下，显得眼睛更亮了。她会把右手从里到外转个圈，手心从下翻到上面，就好像跳舞的手势一样，通过这样的过程把手举到头顶，敬礼，给老师问好，之后就略微咧嘴地笑着，看我给她回个好。她应该是发育不太好，所以个子矮，小时候出生时4斤，在广东医院检查过，说是一切正常，但是没查智力，小时候吃饭老是吐，消化吸收不好。从其后天的学习情况来看，注意力不容易集中，数学尤其差，听不懂老师说什么，在同龄人中个头明显矮一截，但是这不妨碍她每天都开开心心地笑着，她也有自己喜欢的东西和追求的梦想。

在家里孩子慢慢大了，但是睡觉的地方不多，男孩子跟爸妈睡，两个女孩子睡在二楼，一张床。她们的卧室外面是个小仓库，堆放粮食，还有各种杂物。

孩子叔叔家就在旁边，叔叔家有两个小孩子，两家人一共三个房间。家里种田少，粮食只够给几个孩子吃的。上小学的两个孩子每周5元生活费，上初中的孩子每周50元生活费。他们初中每天提供一顿免费餐，一周7天课，一个月休息一次。这家父母倒也关心孩子的学习，爸爸虽然忙，还是会抽空教孩子做不会的题，教不会，也急。我们谈了好久关于如何教育孩子的问题，双方都收获了很多经验。从学生家里离开时，露水都已经在屋角的草叶上摇摇欲坠了。

家 访 有 感

2015 年 10 月 18 日　　星期日

上午我们由几个老师带着，去了龙塘村还有附近村寨的几个小孩子家里进行家访。

今天家访的是一年级和二年级的几个小孩子，有男生也有女生，多跟爷爷奶奶生活。有几个都是爸爸在外打工，妈妈跑了，改嫁到别的地方。也有的是父母带病在外打工，一般一年回来一次。

家庭食物来源是老人种的田地和家里养的一头猪、几只鸡。种地只刚够自家人吃的，通常是自给自足。生活费用的来源是在外打工的父母挣的钱，一部分寄回来做孩子生活费，一部分用于带病打工的家长治病就医。

他们的住处都比较简陋，卫生条件差。一般房子里的天花板不高，到处挂着蜘蛛网，上二楼的时候，踩的地板也就是一楼的天花板，蜘蛛网和灰尘会随着震动掉落到下面一层。有的天花板还挂着电线、小木梯子、小凳子等。给我印象比较深刻的一个小女生，我们到她家里时，她还在看书学习。从外部看房子比较大，两层，上了二层还有个小长廊，地板、墙面、座椅，几乎全木质结构，玻璃窗。但是去看她睡的地方时发现，环境不好。她睡在一楼，一开始进去一层，一股猪味、粪味扑面而来，我还以为是用来养猪的一层。这里地面很脏，泥土、水渍、粪便、饲料、垃圾，都有，还有堆放的杂物。往里走，还没有穿过这有味的屋子，就看到一个小间，堆放了几大袋粮食。再往里，是个可以放锅生火吃饭的屋子，卧室在最里面。这是家访的几家中我看到的居住环境最差的一家，其他家睡觉的地方外面也会堆放粮食和杂物，但是不会有这样难闻的气味，也不会感觉这样阴暗潮湿。

其实这里的住房大都透不进光亮，比较阴暗，房间高度也不够，小木楼梯搭得也很简单。进到里面就不会有在外部看到时那种对当地特有住房的新鲜感，即使外面挂了成捆的玉米，里面的生活环境还是比较差的。

还有个孩子，平时感觉性格跟其他孩子也没什么两样，在学校干点活也积极，话也多，可就是不会学习，二年级了还不会写字，自己的名字也不会写。一节课下来，一个字写不成，老师拉着她的手写一个字，松手让她自己写就写不成了。她的妈妈跑了，爸爸和爷爷都去世了，平时只跟奶奶一起生活，堂叔白天会去帮着干些活。还有几个一年级的孩子，跟亲戚住的，或者跟老人住的，在家也不怎么会干活，不太做家务。

总体来说，这里的很多小孩子确实生活条件不好，不知道他们自己心里是什么感觉，反观城市里的孩子们，几乎不用为自己的温饱担心。可见改善农村贫困人口的生活环境，是迫在眉睫的问题。

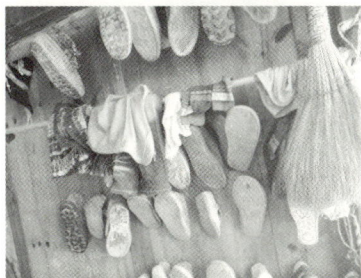

学生的家

春晖暖冬

2015 年 10 月 23 日　星期五

　　下午举行了春晖暖冬发鞋仪式，有县领导来参加。领导们的一句话给我留下了深刻印象，说"以前长青二小没有研究生支教团来支教，你们是来这里的第一棒，第一棒的工作做好了，下面才好接力好继续下去"。做好工作不仅仅是教育孩子们，还应该将我们外来志愿者所能做到的事情在这里继续发扬和传承下去，引起社会上的广泛关注，在全社会形成关爱留守儿童、空巢老人、弱势群体的风尚。"但是最基础的还是教育"，这句话又让我突然想到了我班孩子的成绩。一年的时间毕竟不长，只能是用自己的品德和习惯，尽可能地影响他们，教给他们好的生活方式和学习习惯。如果这一年，我们来了，走了，带的孩子成绩给学校拖后腿了，那以后下一批志愿者再来，二小的老师哪还能放心把孩子们的教育交给他们呢？

143

发鞋仪式

　　昨天下午到龙塘教点进行发鞋仪式，临时当了主持人，流程不算复杂，也算圆满完成了任务。仪式上，赵砥问孩子们的理想是什么，孩子们都不说话。也许小孩子们还不太知道理想是什么，梦想是什么，对待老师的提问也表现得比较腼腆。不过，能够看到孩子们拿到鞋之后露出的笑脸，我们也很开心。我想，孩子们一定也知道老师、家人对他们寄予了希望吧。

伴学生回家

这次募捐，短短 7 天，我们不仅达到了最初的 5000 元目标，募捐到的善款还多出了一倍多。我们花掉约 4000 元买鞋，余款之后要给全校学生买手套、袜子等过冬用品。

慰问老人

2015 年 12 月 20 日　星期日

今早临时接到通知说杨启辉老师要接我们去慰问孤寡老人。芦笙队几个学生穿上民族服装，打算为探望的老人跳民族舞。我跟着村长带着三个学生去给一个老奶奶送了食用油和洗衣粉，帮老人打扫卫生，聊聊天。这个老奶奶平时就自己住，儿女在外，平时还要干农活，好在身体还算硬朗。她住的屋子是搭建起来的二层简陋小木屋，要走很陡的小楼梯上去。进屋一看，房顶有很多蜘蛛网，墙上挂着各种东西，鞋子、锅、瓢、盆等。地上墙边堆放了各种杂物，中间放一小火炉，旁边还有一台小的老旧电视机。

老奶奶见有人去看她，也非常开心，虽然语言有隔阂，不过看得出来老奶奶很喜欢跟我们聊天。平时这样独自一人居住的老人有很多，他们生活简单，所求不多。不过周围也有可以一起聊天的乡亲，和记得他们的乡干部，想来心里也会舒服一些。

探访孤寡老人

创办奖学金

2016 年 3 月 5 日　星期六

　　周五下午放学之前，长青二小举行了"春晖计划·合工大研支团奖学金"发放仪式。这是二小首次为品学兼优的孩子发放奖学金。该奖学金由合肥工业大学第 17 届研究生支教团创办，第一笔资金由工大学子义卖旧物捐助得来。这次一共有 36 名学生获得奖学金，虽然每个孩子拿到的钱不是很多，但是我们相信，这一定是对他们的一大鼓励。

发奖前，教务主任张有标老师作为教师代表发言，教导孩子们要学会做人、懂得感恩、刻苦学习、走出大山、回报家乡。接着，朱林聪也分享了他的感言。最后，拿到奖状和奖金的同学们开心地合了影。相信孩子们一定能够理解奖学金背后的意义，今后也会更加认真、努力地学习。

发放奖学金

重整图书馆

2016 年 4 月 6 日　星期三

　　这两周学校安排整理图书馆书籍，全部重新整理录入电脑。这是一项大工程，校长给图书馆长陈伟老师派了 6 个帮手，也就是前馆长吴云莉老师、杨光珍老师，以及我们四个支教老师。

　　图书整理不是个容易事啊，按理说一开始收到书籍捐赠或者买到书的时候就应该将信息录入系统的，现在一片混乱，要重新归类存放。而且书的具体内容之前都没有审核过，好多书要么不适合学生看，要么跟他们现在没多大关系，都混在一起。吴老师以前整理过，不知怎的又乱掉了，所以现在要重新做这个工作。好在我们有勤劳的小帮手，很多学生都乐意帮忙整理图书馆里的藏书，这样，他们可以先睹为快。有了学生们的帮助和几个老师间的高效配合，整理工作的确加快了许多。

◎ 日常欢乐多

轻 松 杂 记

2015 年 9 月 8 日　星期二

　　昨天夜里不知怎么的，睡觉一直不甚安稳，梦里的景象光怪陆离，朦胧中的我反复从浅眠中惊醒。今早醒来，看着温暖的阳光洒进屋子，竟然有种解脱的豁达之感。

　　昨晚蚊帐外面一直有只蚊子嗡嗡地叫了一夜，今早醒来还听到它的声音。我想，它也是焦虑的，可今天白天它为何不去寻找另一片天空，不去寻找自由呢？还梦到王万奇吃了药，病好了，请班长王万冲来告诉我说他感谢老师对他的关心。虽然是在梦里，但是我记得那时我很感动。

今天下午王世杰又牙疼了，也是蛀牙，用了一些土方法镇痛也没有明显的效果。最后没办法，只能是等周末让孩子家长带去医院拔掉。

与昨晚不同，今天最有成就感的事情是我终于学会了如何编写教案。而且上午突然通知有上级领导来学校检查。迫于压力，中午没睡觉，整理出了班主任工作计划和语文教学计划。晚上又在李明林老师的帮助下，更新了留守儿童花名册。在忙碌的一天里能够有条不紊地做好这么多事情，让我觉得充满了自信心和满足感，昨晚疲惫的梦境现在已经离我远去了。

今天只有一节语文课，可是我也并不闲。下午跟着吴云莉老师了解图书馆的管理工作，她要请一个学期的假，现在跟我做交接。好在工作计划吴老师已经写好，剩下的主要是期末的整理工作，要把各班借书情况进行统计，还要统计老师们的。

图书管理加上班级的工作很是繁杂，我开始用学校发的小本子，记录每天的工作，还有周末提醒同学们的注意事项。

下午改完了同学们的作业，除去几个没交的，剩下的改得也是头疼。我发现自己之前做的进度表很不好，没有留出习题课时间，这个看来周末要重新计划一下了。学生们的作业需要专门的时间来讲解。

办公室

今天的晚自习不是我带，就在办公室备了明天品德与社会的课。工作完成后和爸爸妈妈打了电话，聊了聊近期发生的事情。看到爸妈神采奕奕，我这远在他乡的女儿也能将牵挂他们的心暂时地放下了。

教 师 节

2015 年 9 月 10 日　星期四

今天是教师节，学校给老师们放假了，又是一个将近三天的小假期。

丹寨的天经常下雨，时常小雨偶尔大雨，阴了几乎一星期的天，终于在放假这天放晴了。学生们在楼下集合的时候，阳光很强，外面很晒，地上一周的积水也干得快，下午回寝室的时候就干得差不多了。这天气也真是有意思。今天大家都很开心呢，毕竟是我们的节日。下午开完会回寝室的时候都感觉自己笑意难掩，抱一堆书上楼也步伐轻快。不出意外的话，接下来两天多时间只要不出门，就是要备课做计划了。其实本来应该是三天半的，可是今天中午一直跟学生一起等着集合放学没休息，下午学生走了就一直在办公室备课等着老教师来开座谈会。结果老教师们比较害羞，大家还没怎么发言就散会了。收拾东西回寝室等吃饭，晚上跟学校老师们坐在一起，喝了半杯米酒后头一次感受到了晕。不难受，就是头晕，难道这就是微醺的感觉？老师们今天都很开心，节日也是大家相互联络感情的好时机，何况今年有新鲜的支教老师加入，所以这次教师节更显得特别。

晚上大家进城去唱歌，两次电话也没喊动我，王永群老师又专门到宿舍来叫我。可能是酒壮怂人胆，平时不太会拒绝的我说不去就不去，今晚我只想休息。我要享受一下，就放着电影电视，看不进去也要看。其他一切等睡完一觉明天再说。

宿 舍 火 锅

2015 年 11 月 22 日　星期日

丹寨的天气也是有趣，下了一周的雨，然后在周末放晴，似乎天空也要过个周末让自己喘口气。周六的早晨依旧早起，为了去开县里一个培训会，早晨吃了豆浆油条，中午留在县里，吃的沙县小吃，买了糕点。吃过中饭，我们去超市买了一些肉和菜，为晚上的寝室火锅做准备。赵砥还买了四本书作为班里数学竞赛获奖孩子的礼物。

下午六点，我们完成了煮火锅的准备工作，水烧开了下火锅料。大家围坐在桌旁，先拍照，再开吃。席间有三个思维活跃的男生，大家都很愉快，边吃边做游戏。吃完后，我们收拾了碗筷和垃圾，回到滕越屋里，开启了酒吧模式。

大厅灯一关，阳台门关上，留了厕所灯和阳台灯，灯光透进屋里，有一种昏暗的氛围。拼成 T 形的两张桌子上，一张上面放了电脑，用来放谱子，另一张上放了酒杯等，唯独我的一个大饭碗以及碗里的白水有点格格不入。滕越、赵砥轮番弹吉他，我就坐在旁边听着，闭上眼欣赏，静静地感受那一刻的放松、休闲和美好。真是一群会玩的小伙伴。

火锅

周日吃完午饭就去办公室等着注册电子签到的信息，就是刷一下脸，再摁个手指指纹。学校签到也高端了，上午 8：00 之前，下午 5：10 之后都要签到，而且为了防迟到早退和代签也是煞费苦心。任务完成后，我就去操场溜达一圈，赵砥和滕越在打篮球。赵砥招呼我过去，我也投了几个球。

　　下周该是倒数第八周了，正是我值周的那个星期。校长又出台了新政策，将学校各种检查项目做出了评分细则，在群里发了评分表，好多项。学校的管理越来越规范了，看着二小一天天变得更好，我也感到特别开心。

电子签到仪

女生节—妇女节

2016 年 3 月 7 日　星期一

　　今天是"3·7"女生节呢，明天就是"3·8"妇女节啦——如教师节一般，是这一年里过的特殊节日之一。

　　当我知道明天学校给全体女教师放假的时候，其实还是很纠结的。放假很好啊，可以睡懒觉，不用上课，不用签到，散漫一天。但是，被放假让我不得不承认一件事，我是广大妇女中的一员。我不再是学生时代的我，不再享受女生节的青春感和独特感。

　　这是第一次真正意义上过妇女节，因为我是妇女，所以享受明天的假期。但其实这个假期并不能闲着，还有很多的工作等着我去做。从准备课程到批改作业，好不容易有了一个假期可以集中处理之前没有来得及做完的事情，要真的是睡觉度过，未免有点太懈怠了。

　　当我知道明天下午还要参加学校举行的妇女活动的时候，我心里五味杂陈，而且学校还说可以带家属参加，这更显得我这个从外地来的支教老师的孤单。说实话，跟不同龄异乡妇女一起，感觉很特别，感觉自个儿不太想过妇女节的。下午开会校长还强调说，毕竟这是妇女自己的节日，一年只有一次，所以干脆放一天假。

妇女节更是让我看到了工作期与学生期的鲜明的分界线。上学的时候顶多收到一句节日快乐算了，但是大家真正当回事的是女生节啊。现在好了，秒变妇女了，好不甘心啊。还不知道明天下午是怎样一番景象。

我要自我催眠，我是女王，明天那是女王节！

妇 女 新 感

2016 年 3 月 8 日　星期二

今天最低 3℃，明天最高 3℃，从夜晚的风就可以感觉出来了。最后一点炎热延长至妇女节结束。不得不说，今天对国际妇女节有了新的认识。大学一直沉浸在小女生的思维方式里面，觉得女生节很特别，至少要在那一天接受男生们的特别照顾，应该共同庆祝，才能看出工科班对班里稀有女生的爱护。昨天第一次意识到自己开始过妇女节了，之所以还不适应，是因为自己还没有从大学那种思维里面走出来，还仍旧沉浸在学生思维里面不可自拔。

关于为什么会出现女生节，而且还在妇女节的前一天，以及当今社会有意无意产生的对于妇女节"妇女"一词的污化，我在这里讲的不会比知乎里那篇文章更为详细了。有兴趣的可以找来看，里面关于这个问题有很多发言者，可以去看各家观点，然后进行自己的思考。而我之所以写下来，是想告诉自己，其实过妇女节没有什么不好意思的，与其自己心里不舒服，倒不如换个方式思考。从最初的纪念争取女权起源来讲，其实是值得自豪的。社会熏陶我管不了，是否应该改名字我管不了，短期也不会形成新的文化导向，社会各方面的重男轻女思想也不会轻易消除。先不讨论妇女节到底该不该存在，或者该不该放假，似乎它存在就意味着女人与男人不同。这件事最大的启示就是，要从更高层面看问题，不要想当然地不知不觉轻易接受社会现有文化，或者舆论，如果有疑问，可以追本溯源，自己去寻找一个词语或一个标志的最初的含义。现在想想，昨天对于妇女节的愤慨，也是幼稚了。不过吧，虽说女生节可能变相地表现出了社会的不公平看待。可是，谁不想被特殊照顾一天呢？女生的本性啊。看来还是女王更能让人接受吧。

今天的妇女节，杨启辉老师专门叫学生们到操场集合，领会劳动妇女的奉献精神，学会感恩，感恩老师，感恩母亲。杨老师也是一位抓住机会就不忘引导学生的好老师呢，本来下午教师活动似乎没打算叫学生集合。但是我发现，杨老师有话说。他聊起跟自己的母亲打电话，说节日快乐。但他的母亲说，他只有人回到母亲家去，母亲才会快乐，但是由于各种原因，哪那么容易回家呢？想必是觉得愧对母亲了吧。所以他要把感悟分享给学生，让学生知道，国际劳动妇女节，不只是给女老师放了半天假，而要看到背后的内涵：尊重妇女，感恩母爱。

妇女节的教育

误 接 讲 座

2016 年 4 月 9 日   星期六

这两天发生了一件令人无语的事。

周五傍晚时候，留守学校的一个女老师 A 和他的两个男同事 B 和 C 出去吃晚饭，走在路上被告知下周二要进行一个青春期健康讲座，主讲人是这个女老师。女老师一开始也很疑惑，为什么不是讲座策划者通知她，而是同样要进行讲座的这个男老师 B 告诉她呢？不过她没多想，觉得既然通知了也不是没可能，看着男老师认真的表情，便开始思考如何做 PPT 了。

女老师吃过饭回到寝室就开始做 PPT，将自己本来计划好的其他任务推后。自己的事可以留到后面，上面布置的任务得先完成啊！怎么能周末再做，今天就要入手。于是她用了一个晚上的时间，做出了讲座PPT 的初稿。她在教师群里看到那个男老师 B 已经传了做好的男生版讲座 PPT 给发起活动的老师，顺便打开看了一下，风格很清新，不过关于男生青春期的生理问题没怎么提。她想着女生版讲座还是私传吧，于是私信了发起人。

结果发起人问她："可以啊，你想尝试一下吗？"

咦，这是什么意思？不是发起人让传话的吗？怎么还这样问呢？女老师疑惑了。接着发起人说，稿子她已经准备好了，女老师想讲的话可以参考一下。女老师想着既然人都准备好了，自己把这工作抢过来多不好。于是说："不是，您要是准备好了就您来讲呗。"发起人表示自己已经讲过很多次，女老师倒是可以尝试一下。

好吧，既然已经说到这份上，女老师便答应下来，说出自己已经做了PPT，让发起人帮忙审查一下内容是否合适，之后得到了发起人的认可。到此，大概晚上 11：30 左右，完成了今天的工作，这天就算是结束了。

第二天，也就是周六。晚上吃晚饭的时候，女老师 A 与男老师 BCD 又见面了。A 对 D 说："下周二我就要告诉你班女生不要随意对异性产生好感。"突然 B 问："你做 PPT 了？"女老师答："对啊。"B 说："哦，天，你竟然做了，昨天那是骗你的！我后来忘了告诉你了，我昨天应该跟你讲一下的！"

女老师的心中已经只剩乌鸦飞过了。什么情况啊！只能答了一句："好吧……"

那个男老师又说："唉，你真是太单纯了。"

"怪我咯？昨天我跟你确认是不是要讲的时候，你没觉得我问得很严肃吗？我让你把你做的 PPT 传给我参考一下的时候，你没觉得我是认真的吗?"

"嗯,感觉你问的时候确实挺认真的。"男老师愧疚地说,"真不好意思,害你揽了个活。"

是不是感觉刚才女老师突然好激动?她很生气?其实没有,因为早在昨晚她就接受了这个现实,做好了自我调整。既然任务来了那就只能接受了,反正可能一生也就这一次给女生做健康讲座的机会,感觉还是挺新鲜的。早在刚得知这个消息的时候,还在男老师沉浸在开玩笑的欢乐中时,她就开始思考如何讲好这次讲座了。不过,得知真相后,心情还是跟之前不太一样啊,生气谈不上,但是真的很无语啊。难怪昨晚那个组织者还说什么本来周一打算跟自己讲一下的,自己还说周一就有点晚了。敢情人根本没让传话啊,只是顺着自己问的话就把这个任务转给自己了。

后来男老师还问女老师晚上在寝室打算做什么,本来女老师打算继续完善PPT的,知道男老师在这事上有点愧疚,可一时也没想好说晚上做什么,只能笑一下回答:"做PPT啊。"

回到自己屋里,收到男老师发的一条微信,再次郑重地表示了歉意。女老师虽然心情不佳,也实话实说自己没生气,只是很无语,让男老师不必觉得过意不去。其实事情往往就是这样,自己做事的时候考虑不全面,做错事对不起别人以后,自己内心会很愧疚很煎熬,但是别人内心真的生气吗?不一定,可能人家很会自我调节,比如这个女老师。但是这个男老师有一点还不错,该有的歉意还是要表达,毕竟不是人人都能够理解,都能换一种方式思考的。

不过这件事的结果还是不错的,女老师有了一次很新奇的体验,对五、六年级的女生也有机会接触和了解。她也依旧是那个既然接受了,就努力做好的她。

好了,故事的女主角,就是我,我就是那个单纯的女老师。好在这个讲座也并不难,随意一些、放松一些、亲切一些就好,至于效果,当然还不知道,目前就是想象啦。不过凭着我这么善意的面孔,和蔼可亲的脸,再单纯,上帝也会眷顾我的吧。

这莫非就是,上帝给的"机会",是你的就是你的,别推托。

青春期讲座

2016 年 4 月 13 日　星期三

今天的重头戏，当数准备了四天，自我模拟了三遍的女生青春期健康知识讲座了。上午上课后回来模拟一遍，下午上完课接着就是去留守室准备讲座。这样一天准备下来，我对要讲的内容已经了然于胸了。

应该说，我是不太紧张的，也没什么压力，毕竟准备过了，就是对着孩子讲解一些基本的知识。涉及生理方面，正如我想给孩子们传达的观念：这就是一件正常的、普通的事情而已。就像课堂知识需要老师授课讲解一样，这方面知识也是需要讲解的。

我早早地调试好设备，坐在电脑前面望着留守室的新面貌。自从留守室大改造，还没有来留守室仔细看过呢。现在细细打量之下，觉得陈云老师确实花心思了，带着其他老师一起，把留守室整理得非常温馨。整体呈现粉红色风格，四周的墙壁上贴着关爱留守儿童的标语，还有校内一些留守儿童的照片。室内电视机前放置一排柔软的沙发，旁边还有小孩子玩的大拼图塑料垫子，可以直接铺在地上，让孩子们坐在上面开展活动。沙发后面还有几组学生桌椅，每几个凳子围着一张小桌子摆放一圈。我感觉室内最有特色的，当数天花板上挂的东西。天花板上有两排类似于小相框的东西，每个圆盘侧边上面由一根紫色绳子系着，从天花板上垂下来。绳子不长，垂下来学生够不到。圆盘的正反两面印的是孩子们的彩色照片。这样坐在沙发上每每抬头，就能看到孩子们的笑脸。

很快的，参加讲座的学生们到了，四个班的女生依次来到留守室，签好到。除了学生，参与讲座的还有陈云老师和学生心理咨询老师邓蔚柳。

我关掉音乐，陈老师开始讲话了。她温柔地询问了学生目前的发育情况。学生们一开始还很害羞，但是在老师的鼓励下，也逐渐地举起了手，个别同学还大胆主动和老师讲自己的情况。陈老师就夸大家很棒。一代代的人确实都在进步，越来越开放，知道的东西也越来越多。

前奏过后，我就正式开始了今天的讲座，从生理和心理两方面，帮助大家了解青春期。学生们听得蛮认真的，讲的过程中还看到有些同学会随

157

着我的讲解做一些动作。我尽量地把 PPT 上的内容讲详细，帮助大家理解。但是总有一些没涉及的或者还有欠缺的地方。讲座过后，陈云老师进行了补充，进一步强调了一些重点内容，力求通过这一次讲座，让女生们真正有所收获。

　　整体来讲，这次活动还算是顺利的。陈云老师也肯定了我的讲解。而对于学生，该讲的基本上都讲了，希望她们能以一种正确的观念来看待这一时期，成长为更美丽的女子。

安全卫生知识讲座

　　讲完讲座出来已经是晚上了，迎着微微的月光回到寝室，看到电脑上收到了爸妈做的 word 版贺卡，明天就是我的阴历生日，远在千里之外的父母用这种方式为我送上了祝福。嗯，那我明天就找时间去吃碗面，低调迎来 22 岁。

当地的粉（就当面了）

军事化课间

2016 年 4 月 28 日　星期四

城关小学教师们的到来，促成了二小从未有过的军队式课间操。

每班至少两名老师，前面站一个，后面站一个，操场四周都围上了老师。广播体操和手语操过后，全校列队跑步，每班有两个老师带跑，也是前面一个，后面一个。跑两圈结束，各班到指定地点自由活动。依据安排，有的跳绳，有的踢足球，有的做游戏，同样的活动足足做了得有将近20分钟。最惨的是有个班级恰巧轮到今天跑步，在全校一起跑了两圈之后，那个班就接着跑，一圈一圈又一圈，就这样跑圈跑了整个课间活动时间，也是够辛苦的。

159

跑操、做游戏

交流学习

◎ 自己动手丰衣足食

酸 汤 鱼

2015 年 10 月 23 日　星期五

　　丹寨的秋天，入秋后一段时间还是会阳光明媚，早晚温差大。丹寨的秋天，谁家没有几锅酸汤鱼呢！今晚去张明辉老师家吃的酸汤鱼，这是第四顿鱼了吧。丹寨人民真是热情好客，到了秋天，几乎家家收了鱼都计划着让亲朋好友到家里吃鱼，分享丰收的喜悦，寄托来年的期盼。这是一种习俗。

　　上周是在陈伟老师姑姑家吃的鱼，丹寨的酸汤鱼讲究一个生鲜，必须用活鱼来做这一道名菜。陈老师先用香辛料调成一锅酸汤，再将活鱼腹部剖开，取出苦胆后整个放入锅中的酸汤里腌制入味，最后再进行烹调。这样做出的鱼带着草木的清香和香辛料的浓厚，汤中有鱼肉的鲜美，肉中又有酸汤的回甘，令人回味无穷。

美味酸汤鱼

今晚摆了两桌，就在院子里。天黑了，也没有开灯，两桌人喝米酒吃鱼聊天。桌上摆好顶大的不锈钢汤锅，锅里放上炖好的鱼，加辣椒粉、盐、花椒、成堆的薄荷叶。鱼吃得差不多了，就加点菜，成桶的米饭摆在旁边由客人随意添加。这些饭菜，绝对够客人们吃得饱饱的。

今天吃过饭，跟李宓强老师聊到孩子们的学习。他说希望自己的孩子将来也能出城出省读书，自家条件有限，只能依靠孩子自己的努力。但是孩子成绩其实也不太好，所以他这个做父亲的虽然担忧，却也无奈。他还说到了捐鞋的活动，看着我们真的给孩子们发了新鞋，他特别感动。李校长也表示非常感谢我们。

希望我们来这里真的能够带给师生一些不一样的感觉吧。

挖　蕨　菜

2016 年 3 月 13 日　星期日

草长莺飞二月天，在丹寨，春天就是吃蕨菜的季节。

中午在王伦俊老师家吃了鱼，下午就跟着他们一家去挖蕨菜了。说是挖蕨菜，准确来讲应该是掐蕨菜。我们来到了种植有茶秸的小山坡，他们说这里的蕨菜多，好吃也好挖。赵砥和朱林聪上周已经来过了，所以驾轻就熟，而我还不认得蕨菜长什么样，站在一边无从下手。陶洁老师在路边采到一株给我看，说这种秆翠绿色的最好，嫩，轻轻一折就断。

原来蕨菜长这样子啊：头上是卷曲的仿佛触手般的花。说是花，其实跟秆是一个颜色。它全身都是绿色的，外面包了一层薄薄的、棕色的绒毛毛。采蕨菜的时候，绒毛很容易粘到手上。如果稍微使劲刮一刮秆上的毛，毛掉了，或者被堆积到秆的一处，被刮过的地方就露出原本的绿色。卷曲的头部上面，棕色毛会比秆上多一些。若秆上的毛是白色的，以致整个蕨菜秆像是被白色毛外套包裹住，那么这样的又不太好，有些老了，掐的时候也会发现，即使使劲，也不容易折断。另外，植株头部叶子长得很大很多的，也是老的。而秆子上带一条白线的，便是苦的。

我们每人占据一条由两排茶秸隔出的小路，寻找蕨菜。一开始，我看得很仔细，弯着身子好好找。可是生手果然逊色一些，再加上蕨菜长得太容易融入周围环境，走了好一段路，总找不到。旁边的朱林聪和赵砥都已经找到了，为什么我就找不到呢？赵砥跑到我这条道，刚过来就发现了，大概是在我看过的地方。好吧，看来我对蕨菜还不太敏感。赵砥说他的眼睛都练出来了。这蕨菜果然也是聪明的，外表色彩与周围半长半枯的草融为一体，要么矮得躲在草里，要么高得都快有茶秸那么高了，好会隐藏自己！皇天不负有心人，在走过一段错过一些之后，我终于也靠自己发现了蕨菜。

有了第一株，我又陆续找到了第二株、第三株。原来前面那段路蕨菜长得少，也可能是因为有人来采过了或者被枯草挡住，到了后面蕨菜就明显增多了。我渐渐地知道在茶秸底下容易找到蕨菜，但也因为我过于关注两边，而忽略了那些长在我走的路中间的蕨菜。经朱林聪提醒，我回头一看就发现，原来自己落下了好多长在路中央的蕨菜呢。它们长得不矮呀，还被我就这么一脚两脚地跨过去，活生生地被无视了。再之后，我就把目光放高，不死盯着一处，反而能比之前找到更多的蕨菜了。

朱林聪跟在我后面，一开始还能捡到被我漏掉的一些蕨菜，不过后来，在我越来越熟练之后，也很难捡到被我遗漏的了。所以今天最大的收获，便是认识了蕨菜，知道了苦蕨菜秆上有白线。

新鲜蕨菜

蕨菜通常的吃法就是凉拌，或者晒干了炒肉丝。上学期吃的罗琳老师做的蕨菜炒肉，带点辣，微苦。这学期"3·8"妇女节那天，又吃了凉拌的酸辣蕨菜黄瓜。吃的时候就觉得，新鲜蕨菜里面好像有滑溜溜的黏液，没细细思索。今天采蕨菜的时候就明白了，蕨菜秆里面确实有黏液，刚折断的蕨菜秆拿在手上不要动，就会发现断处有几丝黏液出来粘到手上。

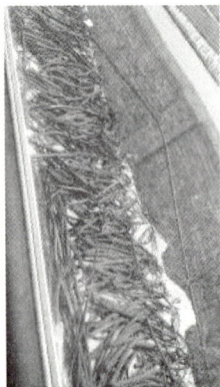 

晒蕨菜　　　　　　　　　　炒蕨菜

除了蕨菜，也要顺便采茶。清明节前的茶叶带着露水，正是最娇嫩最新鲜的时候。可惜我们不会唱山歌，采茶应当是加上唱山歌才会有几分野趣。这里的一切对于我来讲都是新鲜的，丹寨的生活果然是完全不同的人生体验呢！

采　茶

2016 年 3 月 19 日　星期六

今天下午又去采摘了，这次大家四个就是奔着采茶的目的去的。我们步行出发，目的地依然是上次采蕨菜的地方。在路上，我们每人拿到了一个袋子，目标是下午每人采一袋子茶叶。

野生的茶叶有很多，漫山遍野都是，而且没看到有人来管理。我们四个走在里面感觉就像承包了这片土地，想在哪采就在哪采，想怎么采就怎么采。然而采了半个小时左右，我发现，这会儿采的连袋子的底面都没覆盖。大家都找枝头上的小嫩尖叶，小小的叶子只有一点点，看起来离一袋子的目标还有很远。一个小时后，终于有了明显的收获。为了寻找更多的茶叶，队伍只能化整为零，分散开来。我跟赵砥距离比较近，边聊边采，朱林聪、滕越不知去哪了，但偶尔能够听见他们的笑声，看来也是在远处一边聊天一边采茶吧。

原来采茶叶真的累，一直弯着腰用手指掐，手指全黑了。左手拎着袋子，胳膊也有点酸，腰酸背疼。随着时间的流逝，我的目标从满袋，到不满，到半袋子，到采到哪算哪，最后看着自己采的三分之一袋还多的茶叶，已经自我满足了。尤其是中间稍微休息了一下再开始采，感觉速度比之前还慢，看来没休息够呢。这里的茶稞，有的长得比较茂盛，有的枝叶稀疏，但是有的茂盛的上面嫩叶少，有的稀疏的打眼一看，上面满是嫩黄绿的尖叶。我还在一片茶叶秆上发现了一只直立着身子的翠绿色的小肉虫，像生长出来的一小段秆一样，尾部紧抓叶秆，身体直愣愣地支到空气中，头部悬空，整个身体与叶秆成 30°。所以一开始我只是觉得这根叶秆长得奇怪，没有叶子，感觉有点肉肉的，叫赵砥来观察，才发现原来就是只肉虫。

采茶

最后一个小时，采茶速度达到顶峰。不过速度上去了，质量却下来了，感觉后面采茶就不像一开始那么小心，那么仔细，生怕采到大叶子，坏叶子，毁了一袋子茶叶。看来茶叶价格高不是没道理，采茶最重要的还是要有从头到尾仔细采摘的耐心。

结果是朱林聪采得最多，袋子的一半还多点，大概因为他有段时间跟滕越分开了，一个人专心致志辛苦劳作。其次赵砥，半袋，跟我聊着天还采得比我多。然后是我，有段时间聊得太亢奋，也因为觉得反正赶不上赵砥了，就慢慢采，马上到一半。最后是滕越，一直沉溺于美景，采的茶叶也最少。虽然很累，不过也很开心，毕竟是人生少有的采茶经历，将来回忆起来，也是满满的幸福呢。

第一次喝自己采的茶

2016 年 3 月 20 日　星期日

今天喝到了上周采的茶叶哦！

这第一批是三位小伙伴亲自用手炒的。下午回来用饭碗泡了一点，感觉味道比较奇特，可能因为我加的茶叶少，所以味道有点淡。一开始还有点油味？不过再喝两口就会感觉到茶叶的清香在口中四散。茶叶带回来是不能洗的，因此还有一些浅浅的辛辣味在其中，倒还真有几分别致的口感。

头一次喝自己采的茶，还是别有一番滋味。茶叶色泽鲜亮，叶片上还可以看到细小的白毛。泡开的叶片，也就到刚采时的大小，摘时就挑的叶尖。明天再泡之前，恐怕要先将茶叶放到小太阳上烤一下了，毕竟这屋子里的湿气太大。茶叶受潮过后味道怕也有所损失，还是要好好地保存，这样就可以喝得长久一些了。

茶叶飘香

炒　茶

2016 年 3 月 21 日　星期一

早晨打了几个响雷，下了一阵急雨之后，就维持着小雨了，又是一周的雨天。因为下雨，给学校食堂送粉的人在路上堵车，导致全校师生早饭耽误了，学生们晨读课快上完才开始出来吃饭。

第一节没课，我就带上我的茶叶到四楼小伙伴屋里去炒茶了，感觉这种天气，茶叶晾在阳台上反而会越晾越湿，不如早早炒干。

炒茶也是个功夫活啊。我采的半袋茶叶要炒三锅。电磁炉调到炒菜模式 100℃，用纸把锅内擦干，倒入第一锅鲜嫩的茶叶。

炒茶全程应当用手翻炒，茶叶一入锅，便传出一股清新的茶的味道。初次炒茶，不太适应锅的温度，总觉得手指碰到锅会有点烫，所以自己偷懒，翻炒得不勤。后来赵砥出去吃早饭，我看茶叶烤的好慢，于是就把温度调到了 130℃。

温度高了更不想用手，于是拿起筷子，试图用筷子炒。可是筷子真的不如手方便，看着茶叶量不多，用筷子翻动时阻力不小，加之我不敢用筷子使劲夹起茶叶，怕夹烂了，所以一不小心，直接就把几片茶叶弹出了锅。好吧，损失一点不算什么，剩下的轻轻翻就好了。偶尔也用手在茶叶表面翻两下，基本上就等它慢慢烤干，感觉烤得真的好慢。

赵砥盛饭回来，发现我拿着筷子，于是把筷子没收了，又看我象征性地翻着表层的茶叶，他便告诉我这样的话底层的茶叶基本上一直在底层，都快糊了。我说感觉有点烫，赵砥说翻起来就没那么烫了，茶叶里的水要蒸发掉，所以锅里偶尔冒白烟，应该多多翻动。他又给我示范了几下让我自己弄。我把温度调回到100℃，翻了两下，聪明的我突然灵光一闪，想到了一个技巧。我用双手从两边夹击裹住茶叶的时候，稍微朝中间使点劲，就可以连带着锅底的茶叶一起夹起来翻一下，这样手不用直接接触锅底，也可以翻到底层的茶叶啦。实践证明，这个灵光闪得相当有用。

赵砥吃好饭，看到我的第一锅茶叶已经干了百分之七八十，说该搓一搓了，再不搓就晚了。搓一搓？赵砥做了个示范。就是裹起一点茶叶在两手心之间，合起手搓一搓，可以让茶叶出味，更香。果然，不光茶叶飘香，手上也都是茶叶香。

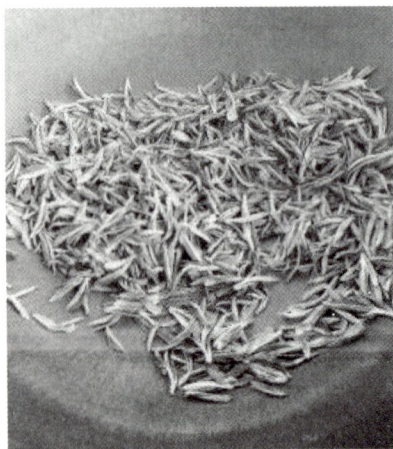

炒茶

茶叶已经干得差不多了，摸起来还是有点软。越是到最后阶段，越要不停地翻弄。接连翻了十几下，感觉差不多了，停锅。把茶叶倒在纸上，摊开铺平，放到两个小太阳之间的桌子上，继续烘干。

接着下第二锅，刚入锅的茶叶也是要不停地翻动的。这次我的手法可是娴熟多了，每翻一下，就看着蒸发的水汽从有到无，再翻，白雾缭绕。突然来了兴致，这么有意思的活动，得让赵砥帮我拍照录像。于是，我们就互相拍起照来，赵砥也借着我的茶叶拍了几段。被玩坏的茶叶啊，也是随着我们的拍摄过程，慢慢地由生到熟。好神奇的一点是，本来我觉得应该让它静静地躺在锅里一层层烤干比较快，但是这锅茶叶一直在翻动，量也比上一锅要多，干得却好像比上一锅快，看来还是勤翻动比较正确。

时间过得很快，马上要到第二节课了，我没等这锅茶叶出锅就离开了，最后的收尾工作就由赵砥帮我完成。

中午吃饭时，赵砥告诉我，他喝了我的茶叶，感觉肚子一直不舒服。我说不会是变质了吧。他讲也可能有别的原因。后来听说朱林聪上次刚喝自己炒的茶叶也肚子疼。感觉还是要查下相关资料呢，可别因为工艺问题弄出什么事儿。我把茶叶装袋拿回自己屋，现在还没喝，不知味道如何，但是装在袋子里也难掩其香。

采茶新大陆

2016 年 3 月 25 日　星期五

雨下了一周终于又晴了。中午在寝室简单地晒了被子枕头，下午上完课就采茶去了。下午去的采茶地比较近，是李宓强老师推荐的，从学校走20 分钟左右就能到，不过是在一个小山顶，上坡较陡，比较费力，只适合路不滑的时候去，因为一路都是泥土，下过雨会很滑。

山顶处有一片有人看管的茶园，茶稞排列很规整，感觉比之前去采茶的地方茶稞要小点，但是上面的茶叶尖翠绿翠绿的，每枝上都有好多。不过我跟赵砥只欣赏了一下，并不敢在这里采茶。

话说赵砥第一次来探路找这地的时候是下雨天，踩了满脚泥，路滑不好上，结果上到一半没找到，下山回去了。今天我们是顺着他上次走的一条路上山，路由宽变窄，最后成羊肠小道。放眼望去，已经可以看到远处的梯田和学校，说明够高了。但是，哪里有茶稞啊？离顶还有四分之一处，就在我们觉得白白上山没有希望的时候，终于看到了稀疏的茶稞，零星分布在路边。这，好坑。不过既然上来了，就凑合着采点吧。再下去走到上次采茶地也浪费时间。一开始真的觉得这里不怎么样，但是随着我们不断深入，边采边上山，而且不断往小路两边横向走时，就慢慢地发现，茶稞越来越多，越来越茂盛了。

这里的茶种类似乎与之前的不同，好像叶尖没有张开的叶芯长得比较长，能看出上面的小细毛也较多较密，摸起来有点硬，但是也很嫩很新鲜。之前采茶尖时，因为尖太小，都是连带旁边的一两片小叶片一起拔下来的，今天采的时候，基本上就是单摘长条叶芯，或者采摘带一片叶子的。这片叶子是离芯很近，基本上包裹着芯，刚刚要张开分离出的叶片，有点嫩黄嫩绿的那种颜色。可能因为今天太阳好，所以叶片看起来有点干了。通常炒茶之前应该晾上五六个小时，不过今天采的就不用专门晾太久咯。

我们采着采着，越走越高。快到顶的时候，突然发现了一只狗站在上边看我们，吓了一跳。接着就发现狗是站在路上的，在路上！竟然是一条小公路！虽然也是细石子铺成的，但是已经可以走车了。难怪之前看到有农妇从上面走下来。我们顺着路上去，路变平了，接着，我们便发现了一大片茶园，路一直往前，平了一段又开始上坡，阻挡了我们望向远方的视线。路两边山坡上都是大片的茶稞，旁边有个房子，还在冒烟。看来这里是人家种的茶了。我们猜测这条路是通向丹寨县城里边的，不过要走多久就不知道了。大概以前大家都从这里走，但是现在这条路中间被施工垃圾堆挡住了，只能走人。再往这边看，小公路好像并没有通到山下，而是转个弯拐进了高一层的茶稞地。

我们只是欣赏了一下上边的风景，就回到之前的地方，采没人管的野生纯天然茶稞了。

下午虽然采摘量很少，但是我们发现了新大陆，而且采的都是精品啊。没有探索，就没有新发现！

PS：今天中午，滕越吃过饭就骑着借的摩托车去之前的地儿采了茶，我们出发时他已经回来了。而朱林聪下午上完课学生放学后，就自个走到了上次采茶路上我们看到有装的几麻袋松针土的地方，去弄松针，为了养兰花。这也是执着啊，手机都没带，竟然专门跑老远去弄松针。

今天听他讲赵砥送他的兰花新长出了一大截，他似乎很兴奋呢，于是马上体现在了行动上。上次路过让他拿他不拿，这次自己专门去找了。

◎ 校外多彩生活

下司古镇

2015 年 9 月 4 日　星期五

昨天一天备课到晚上，今天便跟小伙伴还有几个学校的老师以及老师们的家属去了下司古镇，这是我们来这以后去的第一个景点。

下司古镇是麻江县与凯里市襟水相邻的一个乡镇，曾被人誉为"小上海"，有"清水江上的明珠"之美誉。这里山清水秀，是中国红蒜之乡、锌硒米之乡、世界名犬下司犬之乡。据说，每年农历七月中旬，这里的人们沿袭传统要举行龙舟大赛、斗牛大赛，很是热闹。此外，这里还有许多历史人文古迹，如桃园岛、月亮岛、紫薇岛等旅游度假场所，堪称下司绝艺的"酸汤鱼""草烧狗"更是名声远扬。

"清水江上的明珠"

　　我们去的景点里面还有正在建设的古楼。景点的附近有一所下司民族中学，不知道是不是像语文课本第一课里面讲的民族小学那番情境。我们从正大门进去，沿着水边往里走，围着小镇转一圈，从镇中心的路回到大门出来。内有古码头、街巷、苗族吊脚楼、夏同和状元第、禹王宫遗址、观音阁和文昌阁等文化古迹，镇边江上有游船。镇子里有纯银的苗族饰品，路上游人不很多，既不是拥拥挤挤地看不了景，也不至于僻静荒凉。可惜有的地方被停在附近的车辆遮挡了赏景赏楼的视线。

古楼

　　值得一提的还有本土有名的猎犬——下司犬。资料显示，下司犬因主产于贵州省下司镇而得名，在云贵高原苗岭山系区域内广为分布。下司犬毛色光亮、洁白如玉，头部粗大，相貌凶猛，鼻、嘴、眼圈红润，双眼皮，胸部深圆，尾直而尾尖向上（鼠尾）。通人性，悟性好，忠实听话，颇受人们宠爱，具有独特的观赏价值，常被驯化为观赏犬。其嗅觉灵敏，四肢强健，足底厚实，脚趾弯钩适中，趾间疏展，奔跑速度快，爆发力极强，天生就有很强的捕猎能力，是远近闻名的品种，是被列为世界名犬排名第三的"中华名猎"。下司犬早期主要用于山寨村民家庭打猎看家，20世纪90年代后主要利用其特性进行狩猎。它灵活机智，狩猎全面，对主人温顺，对外来侵扰毫不让步。下司犬之间团结性好，知道与主人配合，对外人或猎物凶猛①。长毛型的外表有一种癫狂的野性。

下司犬

其实在我看来，下司犬长得不漂亮，眼睛小、嘴较突出，耳朵尖。在学校附近见到的也并不是毛色光亮，可能纯种也少吧。不过，我发现长青乡的犬类似乎有个相同点，那就是不论公母都精神抖擞。可能是因为乡里见到的多为已长大的狗儿，基本身强体壮，平时一定没少吃东西，没少运动。

其实今天还是走得挺疲惫的，不过出来散散心总是好的。

山 间 县 城

2015年9月13日　星期日

这个三天小长假，备了语文和品德与社会课，第一天去了一趟二道河，第二天去了一趟龙塘李兴富校长家，第三天进城吃早饭转转。青山绿水之下，赏了美景，看了瀑布，吃了烤肉，淋了秋雨。喂了马，赶了鸭，摸了狗，还捡了几块瀑布冲刷的小石头回来。瀑布水清凉，烤肉是先炒过的，肉质很嫩。马厩里的那匹马，不知道对着这几个换着法的跟它合照的人类，心里会想些什么。

---

① 参考"贵州中国之最——最著种犬种"，贵州旅游在线。

美味烤肉

　　山间路窄，去二道河时，路上遇到推土机经过，我们就站到旁边高出的稻田土堆上，把整条路让给推土机。其实去二道河就是想随便看看周边的风貌。不过路上经过了几个学生家的时候，恰好学生在，就叫学生出来带我们一起走。有小孩子的地方就有欢乐。路上大家说说笑笑，讲捉鱼、逮螃蟹，讲孩子们在水塘里洗澡，讲他们在家帮爷爷奶奶干活。还有这里的"奇花异草"，孩子们知道的比我多。最有趣的就是孩子们说起听大人讲的村里的鬼故事，那绘声绘色的描述，想必是被他们当真了。似乎走在山间草丛中狭窄的小土路上，到处都隐藏着秘密。

老师家旁的小瀑布

长青乡与丹寨县之间的公交只有6路车，半点从长青出发，整点从丹寨出发。车小人多，很是拥挤，比合肥以前的226路还挤。村里人上车会带上很多东西：锅、鸡筐、大水果篮、鸭子、秤、扁担、竹竿等等，还有妇女背上背的小孩子。村里人似乎都比较熟悉，上了车，如果有大人没地坐，看到有小孩子，也不一定是自家的，就两人坐一个位子，大人抱着小孩儿，小孩子也不认生，就让人抱着。或者有人看到孩子上车没地坐，就抱来跟自己坐一起。一个位子的利用率相当高，有的妇女后面背一个，前面抱一个，三人坐一个位子。车上时常弥漫着鱼腥味、牲畜味、稻田味。进一次城站两路，练了臂力也练了腰。

6路车站牌

老式织布机

县城里上午还是热闹的，路两边各种摆摊卖东西的，有大白菜、卷心菜、西红柿等蔬菜，苹果、橘子、桃子等水果，还有大量的辣椒和晒干的调料。除此之外，卖衣服的、卖竹篮的、卖木凳子的……占满了道路，一片赶集的热闹景象。县城里路两边的门店多数不大，衣服的数量、尺码也不全，好多店不开门。街上有穿着清代衣服的人，男的女的，排成一队，放着喇叭，举着广告牌，推着广告架，发着传单，慢慢向前移动。

在丹寨，还是看到了一种与时代不怎么同步的县城景象。

参加运动会跳操队

2015 年 9 月 26 日　星期六

　　今天的天气有些凉，间歇下着小雨。上午吃过早饭就到一小集合，领衣服，练操，准备教师运动会。

　　上午大家的状态比昨天要好，动作做得更整齐，队形变化也都记在心里。我有些困，估计是因为昨晚只睡了一两个小时，也就是今天凌晨才睡着，我猜是因为夜里空气潮湿，所以疱疹更易发痒的缘故。

　　大家为了比赛都很辛苦。上午练了两个多小时，之后在办公室躲雨。中午在一小门外吃过午饭，回到办公室休息没一会，又接着练了两个多小时。这两天练操练得音响都抗议了，电量不足时放出的音乐真的是整个学校的噪音，完全听不出节奏。可是抗议无效，通上电源，边充电边放音乐，接着练。到后来，练到大家腿疼胳膊酸，肚子还岔气儿的时候就歇下来，准备第二天接着练。

　　我也不例外，虽然腿部感觉还好，可是胳膊甩起来要用力，而且速度又快，就会感觉有一不小心甩脱臼的危险，甩到向上举起拍手时会感觉隐隐酸痛。还有我可怜的脚，本来是正常的脚还好，可是最近脚上也有水泡，摸起来又硬又厚，穿起鞋走路都在摩擦，练久了脚就酸疼。

　　下午练操结束后，跟吴云莉老师一起到县里取鞋，然后去超市买了些回家吃的零食，还有散装月饼。也许是商店节日的气氛渲染，也许是因为自己快回家了，所以买东西时兴致很高，吃的用的买了一大堆。县乡公交规划得不好，公交站台没座椅，通到长青乡的公交也只有一趟，一小时一班，若是突然出了问题，等车人是不得而知的。今天就是等了好久都过点了车还不来，料想是出了问题，只能改坐小面包车。小面包车不会送到学校门口，而且停车点距离学校比公交站点到二小的距离还远。幸运的是，碰巧今天王伦俊也在县里，还是他带我们回来的。

　　王伦俊老师的妻子陶洁老师做了蒸糯米，专门留了一些给我们晚回来的几个老师。糯米吃起来很有嚼劲，结实、有黏性，不愧是用来做粽子和年糕的米。我猜这糯米蒸的时候一定也散发着浓郁的香气吧。

长青乡街道

这两天出门，吴老师都会叫着我一起。跟她聊天得知，以前长青乡被当地人称作是"小香港"或是"小澳门"。因为赌博盛行，基本上家家户户，大人小孩都会赌。现在管得严了，赌博才没有以前那么猖狂，可是仍然可以看到这种影子。坐在车里从乡头到二小，一路上会发现周边的居民家中，好多都有个麻将桌摆在大厅，大人小孩围了一桌打麻将或打牌。村里也有以这种活动为业的。听说以前有个好赌的老师，因为太贪心，本来有点钱，还自己盖了小洋房、放高利贷，后来钱全部赌掉，还欠了债。最后工作也不要了，就带着家人到外面跑路去了。有人因为赌博，卖车卖房，最后只能又跑到外地去打工。赌博害人，这种东西还是不要沾染为好。

长青乡

177

教师运动会

2015 年 9 月 28 日　星期一

中午还是毛毛细雨，原本以为下午会继续下，结果天公作美，赏了个晴天，教师运动会得以顺利举行。

今天是学习阶段结束后参加的第一个教师运动会。如果说之前还时常沉浸在训练的苦闷中，那么下午到了丹中操场之后，确实感受到了运动会带来的热烈气氛。

开幕式在大操场举行，各代表队参赛的老师们依照之前排好的顺序依次入场，伴着主持人的介绍走过主席台。教师运动会的入场很简单，也不需要排练，也没有口号。开幕式只有领导讲话时间长一点，比赛要求、评委代表宣誓和运动员代表宣誓都很简短。之后的比赛在篮球场举行，长青代表队是第六个出场，在等待的时候，我们看到了武术爱好者协会的表演。他们年龄最小的 3 岁，最大的 80 多岁，每个人都披红挂绿地打扮起来，武术表演得非常精彩，大家也时不时地为武术表演者鼓掌、喝彩。节目表演虽然环节多、时间久，但是在解说员的带动下，现场气氛还是很活跃。

为了这次表演，老师们都付出了辛勤的汗水。训练一周多，酸了胳膊腿，从最初看视频的眼花缭乱，到学舞步、排队形，最后熟练地跟着音乐动起来，训练成果非常明显。我们配了衣服鞋子，上午还统一化了妆，下午大家都是打起精神，争取让自己发挥得最好。真到比赛时，我感到有些紧张，腿开始隐隐地颤抖，于是竭力放平心态，每个动作在能想到注意什么的情况下争取做标准。我是在队伍前部的边上，看不到其他老师发挥如何，不过比赛结束后听到后面老师的笑声和交流，料想整个节目都进行得非常顺利。下场之后老师们一起合影留念，这件大事，终于结束了。

校 友 聚 会

2015 年 11 月 18 日　星期日

短短一天，从乡村跑到城市再回到乡村。奔波往返的原因，是因为要参加合肥工业大学贵州省校友会庆祝母校建校 70 周年联谊会。

这两天天气还不错，不冷。回顾这次短途旅行，也当是散心了。

一开始还不太想在周末跑到贵阳去。昨天下午跟赵砥坐在长青去往丹寨的公交车上还想，事已至此，既然注定要去了，不如让自己开心一点。不过事实证明，这一趟还是去得值了。

这次校友会有许多合肥工大老校友参加，还播放了工大70周年校庆的宣传片。合肥工业大学团委书记陈文恩代表学校向参加联谊会的校友致辞，祝贺校友会圆满举办，介绍了母校近年来发展情况，感谢各位校友对母校的关心，也希望大家能常回家看看。会后，陈书记还慰问了我们10位支教团成员，表示学校非常关心和挂念我们的生活和工作状况，嘱咐我们务必在保障安全的同时做好本职工作，并与家里常联系。能在千里之外见到母校的老师和这么多校友，并收到学校的关心和祝愿，心情非常激动。

三个小时的校友会，气氛温馨而融洽。我们去得也比较早，帮助大家一起布置了场地，没事的时候围一桌坐下聊天。一开始会长给我们拿来宣传册，上面画着我们不完全认识的工大建筑，也许是规划图吧。一位老学长进来后，跟我们打招呼，从包里拿出一沓报纸给我们看，是近期的工大报呢，最后我还收藏了一张。不过，我最喜欢的，还是工大校庆的故事图册和明信片，能亲眼看到照片故事册并拿到一套明信片，是我万万没想到

校友会留影

的。原本这都是在公众平台上看到只能通过限量购买才能得到的，没想到这里的老校友手上有，还拿来给大家传阅。后来我们每人都发了一套明信片。自助餐很丰盛，吃到了久违的由大酒店精心准备的食物，仿佛是来到了另外一个世界。

昨晚到了市里天已经黑了。一进入市区，就突然想起了合肥，在高架桥上前行，有点合肥高架的感觉。找地停车，又走了一大段路，才见到了剑河的小伙伴儿们，大家许久未见，聊得也愉快。当初不愿意参加的小脾气已经烟消云散，那么多年的校友情，岂是说没有就没有的呢？

龙 泉 山

2015 年 12 月 7 日　星期一

昨天罗琳老师带着我和赵砥、朱林聪去爬龙泉山。

许久没爬山，本以为走不了两步就要气喘吁吁，没想到体力还可以，在欢声笑语里不知不觉就走到了山顶。毕竟是冬天，山上景色一般，花也没几朵，整座山基本都是深绿色，偶尔蹦出一点暗红色和暗黄色充当点缀。天气还不错，白云悠悠地飘过去，几阵凉风轻轻地吹过来，有种别样的凉爽。在没有树林掩盖的空旷处晒晒太阳，看着阳光透过树林的缝隙悄悄地落下来，感觉到了山林中才有的自然情趣。在山顶处望向四周，一边可以看到密集的房屋和泛黄的梯田，另一边有层层叠叠的小尖山，上面还笼罩一点云层。

在"龙泉山"三个大字之下看向远方，也是心旷神怡。这里还不是山顶。往山顶处去，虽然山不高，可也是一览众山小，周边景色尽收眼底。不过山顶处枯草茂盛，能走的地方不太宽阔，窄而不险，不似黄山之巅那种身临仙境之感。下山就感觉腿酸疼了，仿佛还不如上山。上山心累，下山腿累，一步一步狠狠地踏在黑土地上，整条腿带着肌肉都在震动。石阶设计得很有意思，一步走嫌大，两步走嫌小。我怕踏空了滑倒，就借助腰胯扭动，每下一阶，用胯送腿出去，这样再借助胳膊摆动以及适当加快下石阶的速度。多方配合，就下得容易些了。

杜鹃盛开的龙泉山

　　下山后，罗老师本来计划带我们去她家里，做当地特色菜招待大家。不料家里停电，只能在外面解决了。我们去吃了火锅。这里的火锅以鱼肉和里脊滑肉为主，味道不错，可以要酸汤或者清汤底的，干辣椒的香味比较浓厚，有助于下饭。当然，一般在这里下馆子，我们是拒绝鱼腥草的。

赶 集 会

2016 年 3 月 20 日　星期日

这个周末还没闲着呢！昨天去采茶，今天跟着老师们去看集会。

上午 10 点多吃过早饭从长青出发去兴仁镇。一开始，车开在平地上没什么感觉。半个多小时后，车开始进入山区，此时开始到接下来的一个多小时，便一直处于爬坡阶段。整条山路一弯连着一弯，由一个个连续的 S 弯和间或出现的 U 形弯组成的盘山窄公路，几乎围着县城的山区绕了一大圈。眼前只有一边有山，另一边的山较远，与公路中间隔着山谷。山谷上有一块块的梯田，如大片的绿毯上零星点缀着黄斑，那是油菜花或者白菜花，还有小片小片白色花和粉色花，偶尔再蹦出一两棵开了红花的树木。我们坐在车里，吹着凉爽的山风，欣赏外面的风景。

这里道路保养得不太好，坐在车里不是颠簸，就是在后座上左右来回晃，连续左拐右拐也是避免不了的，于是只能靠自己手抓紧前面座位保持平衡。这让我想到了当初去黄山的时候，也是有一段一路上连着拐弯拐好多。但是这里的弯更多、更急，路更窄，会车都困难。在城市里学车拿驾照的，到了这里，恐怕轻易也不敢开车呢。

经过一片种茶基地后，车子逐渐进入深山，两边的高山近了，感觉自己被夹在两山之间。突然想到了天门山，天门中断是因为楚江，这里的山中断是因为一条窄公路。路上有一段太滑，车没控制住方向，明显地左右摇摆着滑行了一小段，真是惊险。幸亏没往悬崖那边滑，否则下去就连车带人粉身碎骨了。

行到最高处看外面的景色又不一样了。这时候也没有高山挡着，视野变得开阔，梯田又多起来，还有小片的村落也出现了。

经过两个多小时路程，我们在张有标主任岳母家附近的公路上停了车，好多专门来看会的都把车停在附近。想想住在这里的人们，出去一趟到县里真的不容易呢。虽然天天宣传要让山里的人们走出大山，可是换位思考，自己从小到大生长在这片土地，自给自足，也没什么烦恼，一切已经习惯，觉得理所当然，大概也没什么心思要走出去了。不过外面的人如果不想进来，这里的经济想发展也确实难了。

今天是集会的最后一天，最激烈的斗牛项目昨天已经结束，只看到了斗鸡和斗鸟。也许你见的斗鸡会比较多，而斗鸟则很少见。就是把两个鸟笼靠在一起，门对门打开让一只鸟飞到另一个笼子里面去。不过鸟太小，不如斗鸡看得明显。而斗鸡呢，肯定也不如斗牛激烈吧。斗牛是在没水的河道上进行，一开始两头牛由大栅栏隔开，斗牛开始后，便移开栅栏，引牛相对，然后两头牛会相向跑起来猛冲向对方，"呼"一下，一头大牛就倒下死掉了。之后刨开牛肚，观众们现场买血淋淋的牛肉和牛内脏带回家。

斗牛

斗鸡

今天看到的最有民族特色的就是当地的广场舞了。村寨里的女性都穿上统一的民族服装，样式差不多，细节处偶有不同。大家盘着相同的发髻，戴着各种头饰，穿上民族服装，搭配绣花布鞋或者小高跟舞鞋。场地中间有个人打牛皮鼓，人们跟着打鼓的节奏，跳着重复的舞步，围成一个大圈，逆时针转圈边走边跳。外圈是两人一排拉着手围成的，多为中年人和老年人，内圈由年龄比较小的女孩子三人一排拉手围成。从老到小，想进去跳的随时可以加入，跳舞的人几乎占了整个场地。中午天气有点热，有些拥挤，不过很是热闹。亮闪闪的银饰闪着光亮，衬着女孩子们的肌肤显得充满了生机和活力，这样充满韵律和力量的舞姿怎么看都看不够。下午4：00左右，广场舞比赛开始了。开场舞是几位妇女跳的锦鸡舞，后面真正的比赛就跟之前围一圈跳的广场舞差不多了。只不过把鼓和舞队挪到了台上，依旧是一个男子在中间边敲鼓边用脚打着节拍，各队的几个女性代表围着圈一遍遍地踩着鼓点跳。下面裁判看着脚步，错一次就吹哨，规定时间看哪队错得最少来判断胜负。我们一行人在台下看得兴致勃勃，虽然不能如裁判一般一针见血地看到哪里有跳错的舞步，可台上民众的快乐已经浸染了这一片空气，不自主地被这快乐的气氛裹挟着，和他们一起快乐地跳起来了。

广场舞

今天来到兴仁镇感受一下民俗民风，感觉很好。这里可是旅游都难以进来的地方，是大山深处最接地气的地方。

◎ 丹寨心语

这一年中，我了解到很多不曾了解过的东西，不只是那些神奇的具有民族特色的古法造纸、蜡染、银饰、传说，更有对于这个地方以及生活在这一小片土地上面人群的更深的了解。

184

蜡染衣物

　　在这个少数民族聚集的地方，山里的孩子们生活得很快乐。他们在这里有朋友，有家人，有自小熟悉的生活环境，自给自足的生活是如此美好……贵州的乡村房屋许多都是透风透雨的，屋里家具更少，杂物更多，环境较乱，牲畜圈与卧室挨得很近，尤其下层屋内光线很阴暗。村里每家每户的墙上都很干净，没有各种各样的小广告，但同样的，也只有村里小学、村委会周围才有点宣传栏。

　　贵州农村很难找到沟渠等水利设施，在群山环绕的地方建造点基础设施都不容易。虽然农村盖新房的不少，但进村的路多是羊肠小道，动力机械也少，建筑材料、水泥和沙子是靠背篓运。村里的医疗条件有限，加上进城的交通条件又较差，看病也不容易。

排廷瀑布

185

排廷汞矿

　　丹寨的教育硬件投资力度很强，但教师的数量和质量都需要提高，毕竟多年的封闭式环境造成教育资源难以流通。孩子们上学要走两三个小时的路，因此许多小孩从一年级就开始住校。老师们大多也是土生土长的当地人，很少有外面的人进到大山中带给孩子们与众不同的新体验和新视角。

　　要想实现"中国梦"，让每一个中国人都富起来，需要解决的问题还很多。"精准扶贫"确实更好地建立了结对帮扶关系，但真正落到实处也还是有难度。医疗卫生建设、教育资源投入等还需进一步提高，要让大山和外界保持频繁而畅通的联系。

写着红色标语的老房子

随着时代变迁，国家不断发展进步，人民的生活也越来越幸福，但历史、地理等条件决定了西部许多地方发展较慢，贫困问题一时难以解决。而只有真正解决贫困山区的根本问题，才能实现共同富裕，才能让"中国梦"真正惠及最偏远的地方。

"一年丹寨行，一生丹寨情；聚是一团火，散是满天星。"在我们离开前，团县委杨志远书记讲的两句总结一直记在我心里。简简单单的两句话，概括了这一年服务于丹寨的所行所思、所感所悟。精精炼炼的两句总结，说出了即将离开服务岗位的我的心声。青年志愿者，不正像那满天的星星吗？聚在一起时，能发出巨大的光和热，是正能量的代表，是温暖的传递者；分开时，又能在各自的岗位上散发个人的光芒，继续为支教点做贡献。就像习总书记说的，作为志愿者，无论是在台前，还是在幕后，无论是迎来送往，还是默默值守，都可以在这场青春盛会中展现自己的风采。

这一年，我们尽自己所能，让深山里的孩子们了解到外面的世界，让孩子们对自己、对未来有更多的希望。看到孩子们的一张张笑脸，我们也感到满足和幸福、快乐和感动。我为能用自己的微薄之力为社会做出一点贡献，为能成为青年志愿者中的一员，感到无比荣幸与自豪！时光流逝，岁月如梭，我已离开了美丽的丹寨，回到我生活了许久的城市中，但是在这片大山中的支教经历却是我人生中最难以忘怀的体验。我永远不会忘记那青山秀水，不会忘记孩子们的笑脸，不会忘记当地老师的关怀和照顾，不会忘记我自己为了能够给当地做出更多的贡献而努力的日日夜夜。丹寨的生活已经浸润了我的思想。它将朴实而真诚的生活态度带给我，将勤劳和坚韧的生活体验带给我，将快乐和幸福带给我，更是让我感受到自己的责任与担当。在未来的生活中，我将带着丹寨赠送给我的礼物一路前行，让志愿者的星星之火传递开去，将奉献的精神传递给更多的人。

写在后面

很多人都说，坚持写日记是一种好习惯，可以整理自己所做的事，总结得失，理清思路，以更好的状态继续前进。

虽然之前我没有写日记的习惯，但我很庆幸自己能在支教期间坚持记录支教时光。我知道，这一年的"流水账"将来只要翻看起来，就会将一年的西部生活呈现在自己面前。在陌生的城市、陌生的乡镇、陌生的村落里，经历着未曾有过的生活，很容易被一些人和一些事触动。人或远或近、事或大或小、想法或多或少，都是源自我内心的感悟。可以说，当一个人静静地坐着，在安静的环境中记下当天或近期发生的事、留下自己的心情和想法时，写日记已经成了我的支教乐趣。

支教的过程充满了各种各样的感动：感动于社会各界好心人对孩子们的爱心；感动于孩子们在运动的竞技场上、在学习的赛场上勇于拼搏、不放弃的决心；感动于亲人、学校和当地政府、老师给我们的支持与关怀；感动于孩子们努力用学习和品行的进步来回应我们；感动于一路同行的支教团的小伙伴们，让我们在三百多个日子里同甘共苦，收获成长……这些感动是我人生中宝贵的财富，将永久珍藏。

离开丹寨整整两年了，现在才整理出这本书似乎时间隔得有点久。成书的过程也经过了内心的挣扎，觉得以这样不成熟的文字呈现出来的内容，只能给自己和家人看。但在老师和家人的鼓励下我认识到，如果能给更多的人看到，哪怕在这些细碎的言语中感受到有关丹寨生活和教育的一点点东西，那也是好的吧。于是，我便将一年的日记进行整理，内容涉及校园生活、教学活动、支教团志愿活动等，将这些内容分为几部分，每部分又按时间顺序整合，以期展现当地政府对教育的投入和重视、长青二小里温暖的师生情、积极向上的教学氛围，以及丹寨的民族风情特色。

不过由于自身对于支教的认识不足，以及文字表达能力有限，本书的内容还很单薄，词句亦显生涩，许多想法片面且不够深刻，以至于不能全面、生动地展现作为支教人在丹寨一年的生活，也不能很好地传达出西部孩童各方面的思想认知。但我仍想通过我的所闻所想，让身边的人重新认识西部、了解西部、关注西部。

这一年的经历与感悟，值得我用一生去思考、回味。在本书付梓之际，首先要感谢我所就读的合肥工业大学给予我们这样一次机会，让我们可以投身于支教事业。感谢学校的领导、老师们做我们坚强的后盾。感谢武国剑老师的提议和对书稿内容提出的宝贵意见，以及在整个编辑出版过程中对我的帮助与支持。感谢陶继新老师、张文芳老师等对于书稿文字、内容的指导和给予我的鼓励。感谢南国君老师、程继贵老师、杨玲老师、薛传妹老师对我一年支教经历的肯定与评价，以及对书稿出版的大力支持。

其次要感谢共青团丹寨县委让我们与长青二小的孩子们结缘，感谢长青二小的老师们一年来对我们的关照和帮助。感谢我的父母、师长、同学以及亲朋好友在我整个支教过程中所给予的鼓舞和鞭策

再次要感谢出版社责任编辑对于本书结构的设计与编排。另外，书中有的照片来自我的支教伙伴，谢谢这些照片拍摄者的支持。

最近，我常常做着一个同样的梦。在梦中，我又回到了绿色的丹寨，回到了孩子们的中间……

2018 年夏于斛兵塘畔

图书在版编目(CIP)数据

一年丹寨一生情:一个大学生的支教日记/朱天钰著. —合肥:合肥工业大学出版社,2018.10

ISBN 978 - 7 - 5650 - 3932 - 4

Ⅰ.①一… Ⅱ.①朱… Ⅲ.①日记—作品集—中国—当代 Ⅳ.①I267.5

中国版本图书馆 CIP 数据核字(2018)第 096378 号

一年丹寨一生情

——一个大学生的支教日记

朱天钰 著		责任编辑 章 建 张 燕			
出 版	合肥工业大学出版社	版 次	2018 年 10 月第 1 版		
地 址	合肥市屯溪路 193 号	印 次	2018 年 10 月第 1 次印刷		
邮 编	230009	开 本	710 毫米×1010 毫米 1/16		
电 话	总 编 室:0551－62903038	印 张	12.5		
	市场营销部:0551－62903198	字 数	196 千字		
网 址	www.hfutpress.com.cn	印 刷	安徽联众印刷有限公司		
E-mail	hfutpress@163.com	发 行	全国新华书店		

ISBN 978 - 7 - 5650 - 3932 - 4 定价: 36.00 元

如果有影响阅读的印装质量问题,请与出版社市场营销部联系调换。